JN052376

無口な上司が本気になったら

Sawa & Yuya

加地アヤメ

Ayame Kaji

Eternity

EB

エタニティ文庫

目次

無口な上司が本気になったら 5

無口な上司は年下の恋人にご執心 293

書き下ろし番外編
結婚してもブレない暮林優弥 323

無口な上司が本気になったら

プロローグ

——あー、今日もよく働いた。

時刻は夜の十時過ぎ。一日中歩き回って脚が棒のように重かった。

こんな日は、お気に入りのバスソルトを入れた湯船に浸《つ》かって、のんびりしたい。

そんなことを思いながら、マンションのドアを開け家の中に入る。

私、小菅佐羽《こすげさわ》、二十八歳。イベントの企画会社に勤務するＯＬだ。

マンションで同棲中の恋人、瀬多洋一《せたよういち》は二歳年上のサラリーマン。彼とは付き合い始めて二年、同棲してもうすぐ一年になる。お互いすっかり気心も知れていて、このままいけば結婚するのかな、なんて漠然と思っていた。

「洋一？　……まだ帰ってないのかな」

てっきり洋一が先に帰っているものと思い込んでいたのだが、家の中は真っ暗だった。

声をかけながら廊下を進む。いつもと同じ我が家なのに、何故か違和感を抱《いだ》く。

胸騒ぎを覚えつつ部屋に足を踏み入れた私は、ダイニングテーブルの上に置かれた小眼鏡をかけた背の高い男性は、ショップのペーパーバッグを手にしたままこちらを見つめている。

——……ちょっと待って。ま、まさか、あの人……

私が息を呑んだのと、買い物を終えたその人がこちらに歩き出したのはほぼ同時。

「お、お疲れ様です」

私は慌てて立ち上がり、男性に向かって一礼した。

まさかこんなところで会社の上司に遭遇するなんて！

男性は私の顔を見ると、「やっぱり」と言って、その形のいい口元を微《かす》かに緩《ゆる》めた。

彼の名は暮林優弥《くればやしゆうや》。私と同じ会社に勤務するイベントプロデューサーである。

「お疲れ様、小菅さん。奇遇だね」

「お、お買い物、ですか」

「うん。ちょっと手土産《てみやげ》をね。小菅さんは……お茶？」

暮林さんの視線が私の前にあるお皿に注《そそ》がれる。そこには、五個のケーキを食べ尽くした跡が。

上司にやけ食いを見られていたことに、愕然《がくぜん》とする。

「よく食べるね。ケーキ好きなの？」

「い、いえ、いつもこんなに食べるわけでは……」

やってしまった感が否《いな》めず、彼の視線から逃げるように俯《うつむ》く。そんな私を見て暮林さんがフッ、と笑ったのが分かった。

「ぜひ、いろいろ聞きたいところだけど、残念なことに今日は約束があるんだよね」

そう言って、暮林さんが一歩歩《あゆ》み寄り、私の耳元に顔を近づける。

「また今度ゆっくり話しましょう、小菅佐羽さん」

低く、ビリビリと腰に響きそうないい声と、耳にかかる吐息についギャッと叫びそうになった。

「はっ、はい……」

何故フルネーム？　と動揺した私はこう返すのが精一杯。

暮林さんは微《かす》かに微笑み、軽く手を上げて店を出て行く。彼の姿が見えなくなると同時に、私は席に座り込んだ。

——あれ、暮林さんだよね……？　なんかいつもと違わなかった……？

暮林さんは、私より七つ年上の三十五歳。

会社では無口であまり表情を変えない目立たない人、というのが社員の抱《いだ》く彼の印象だったりする。だけどプロデューサーとしては相当できる人で、名指しで仕事の依頼が入るくらいすごい人だ。

そんな暮林さんは、新入社員研修の時の、私の直属の上司だった。彼の下で働いた期間は短かったけど、不慣れな新入社員の私に対して、口数は少ないながらも丁寧に接してくれた。そのことは、入社六年目の今でもよく覚えている。

少し長めの前髪がかかる黒フレームの眼鏡をかけた暮林さんは、百六十センチの私が見上げるほど背が高い。それでいて、ほんの少し猫背気味だったりする。愛煙家らしく、通り過ぎる時にふわりと煙草《たばこ》の匂いをさせていた。

これは私の主観だけど、眼鏡の奥の目はとても綺麗なアーモンド型で、顔もかなり整っていると思う。年齢よりも若く見えるし、初めて彼を見た時などは背の高さとスマートな体型から、女性にモテそうな人だと感じた。つまり、暮林さんはかなりのイケメンなのだ。

だけど私の持つ印象と、他の女性社員が持つ印象は違ったらしい。

仕事は抜群にできるが必要なこと以外あまり話さないし、話しても盛り上がらない。しかも暮林さんは飲み会への参加もほとんどない。自然と女性社員達は、とっつきにくくて苦手だと彼を敬遠するようになっていた。

そんな暮林さんは、数年前に関西支社に異動になり、つい二ヶ月ほど前に元々いた関東支社に戻ってきたばかりだ。

——よりによって暮林さんにこんなところを見られるなんて。

無駄無くスムーズな仕事ぶりで定評のある暮林さんは、私のようなひよっこプランナーからすれば憧れの存在。そんな憧れの人にこのようなみっともない姿を晒《さら》してしまったことに、私はがっくりと肩を落とす。

後から思えばここで彼に遭遇したのは、運命だったのかもしれない。

しかしながらこの時の私は、そんな運命など、まったくもって知るよしもなかったのだ。

一

その翌週の金曜日、私は直属の上司である入江さんと二人でミーティングルームにいた。

入江課長は四十代半ば。仕事に対して厳しい人ではあるが、とても面倒見がよく、明るい性格で社員から慕われている。だけど、今日の入江さんは椅子に腰掛けて眉間に深く皺《しわ》を刻んでいた。その明らかな不機嫌顔に、私は縮こまるしかない。

「先日提出してもらった小菅の企画案、全然ダメだ。お前、あの内容で本当に勝負できると思って提出したのか？」

「そ、れは……」

ぼんやりしたまま期限を迎え、とりあえず纏《まと》めて提出した企画案は、案の定ボツ。企画課に配属されて三年。ようやく自分の企画が採用されるようになってきた。入江さんにも期待してもらっていたのに、不十分な状態のものを出してしまった自分に、申し訳なさが募《つの》る。

視線を落とした私を見て、入江さんが大きなため息をついた。

「小菅、お前最近なんか変だぞ。今回の件もそうだけど、このところ勤務中にため息ついたりぼーっとしたり、全然集中できてない。こんなこと、今までのお前にはなかったことだ」

全部見られている、そう思った私は反射的に頭を下げた。

「申し訳ありません……！　以後、このようなことがないように気を引き締めます……！」

必死の思いで訴えると、入江さんが再びため息をつく。

「お前、何か悩んでるのか？　俺で力になれるならいつでも相談に乗るから、言ってみろ」

おずおずと顔を上げた私を見て、入江さんが心配そうに尋ねてきた。

「……いえ、あの……大丈夫です、本当に」

そう言いつつ、実際、私は落ち込んだ気持ちを、なかなか上昇させることができずにいる。

そのせいもあって最近は夜もよく眠れず、集中力が落ちているのを自分でも感じていた。でも入江さんに心配されるほどひどいとなると、さすがにマズイ。

「ちょっと最近、寝不足気味で、でも、しっかり寝てすぐに復活します」

さすがに本当のことを言う訳にはいかないので、無理矢理笑みを浮かべた。そんな私を見て、入江さんもようやく表情を緩《ゆる》める。

「そうか。ならいいんだが、無理はするなよ?」

「はい、ありがとうございます」

「じゃあ、これは返す。きちんと反省して次に活かすように」

優しい声音《こわね》でボツになった企画書を手渡され、チクッと胸に痛みが走った。期待を裏切ってしまったのは私なのに、こうして気遣ってもらっている。反省と共に、このままではダメだと強く思った。

「本当にすみませんでした！　失礼します」

一礼してからミーティングルームのドアを開けると、ちょうどドアの前にいた暮林さんに遭遇した。この前のことがあったせいか、目が合った瞬間気まずくなって、つい彼から視線を逸《そ》らしてしまう。

「ああ、打ち合わせ中にごめん。入江さんいる?」

にこっと笑った暮林さんが尋ねてくる。

「はい、中に。ど、どうぞ」

素早くドアから離れて道を譲ると、彼は「悪いね」と言って私の肩をポン、と叩いてミーティングルームに入っていった。

——……な、なんだろう今の。こんなこと今までされたことないのに……暮林さんってこんなキャラだったっけ？

首を傾《かし》げながら自分の席に座り、キーボードに手を載せる。

たちまち、さっきの入江さんの言葉が頭に浮かんで、自分のふがいなさに項垂《うなだ》れた。

やらなければいけないことはたくさんあるのに、いつまでもプライベートなことを引きずって、私、本当に何やってるんだろう。こんなんじゃ入江さんに注意されるのも当然だ。

——って言ってもなあ……

私の今のメイン業務は、先日企画が採用された婚活イベント。このイベントは、工業団地にある企業の男性従業員に出会いの場を、という目的で開催が決定した。このイベントをきっかけに普段あまり接点がない異性と出会い、人生のパートナーとなる相手を見つけよう、という明るい未来に向けた企画なのだ。

しかし私ときたら、そういったイベントで出会った同棲中の彼に三十手前で出て行かれ、未来に夢も希望も抱《いだ》けないという状況。

イベントのことを考えれば考えるほど、夢と現実のギャップに空《むな》しくなってくる。

しかもこの空《むな》しさは、彼がいなくなったことに対してではなく、いなくなったことによって明らかになった事実に対して、だ。

私は彼と付き合っている間、彼女としての役割をきちんと果たしているつもりでいた。洋一のことが好きだったし、彼とはそのうち結婚するだろうと思っていたから。

でもこうなってみて、最初こそショックだったけど、追いすがって復縁を望むほど彼のことが好きかというと、そうでもないことに気づいてしまった。

それどころか、今となれば、本当に彼と結婚したかったのかも疑問に感じる。

どっちかというと電子レンジとテレビを持って行かれたショックの方が大きいという事実に、我ながら愕然《がくぜん》としてしまった。

心にも懐《ふところ》にも大きなダメージを負い、もう頭の中がごっちゃごちゃで最悪な気分だったりする。

二年も付き合った相手をちゃんと愛することもできなかった自分が、他人様《ひとさま》の恋の成就を願い叶えるイベントを企画できるのかという迷いもあり、仕事がちっとも捗《はかど》らないのだ。

――ダメだダメだ、これは仕事。自分のことなんて今は関係ない。せっかく私の企画を推してくれた入江課長の期待を裏切るような真似は、もうしたくないし。

コーヒーでも飲んで気合を入れよう。そう思って、私は休憩スペースに向かった。

南向きの大きな窓から光が差し込む休憩スペースは、明るいグリーンと白の二色に塗られた壁に囲まれ、その一角にドリンクサーバーやコーヒーマシンが置かれている。社員はこれを自由に飲むことができ、社員からの評判も上々だ。私もよく利用しかなり重宝《ちょうほう》している。

私のお目当てのコーヒーマシンに近づくと、その前に一人佇《たたず》む先客の姿があった。

少し猫背気味の、白いシャツに黒のスラックス姿。後ろ姿だけで分かる、暮林さんだ。

また遭遇してしまった。かといって引き返すのも、と考えた結果、勇気を出して声をかける。

「お疲れ様です」

私の声に振り返った彼は、コーヒーを手にしたままフワリと微笑んだ。

「よく会うね」

そうですねと返すが、どうにも顔が引き攣《つ》って自然に笑えない。

彼が少し横によけてくれたので、私はその空《あ》いたスペースに体を割り込ませ、置いてあったカップにコーヒーを注《つ》ぐ。その間、何故か暮林さんは黙って私の横に立っていた。

コーヒーは淹《い》れ終えたはずなのに、どうして彼はこの場を離れないのだろう？

そんな風に思っていると、不意に声をかけられた。

「どう、最近」

「えっ、あっ？　最近ですか？　まあ、ぼちぼちですね……」

私は暮林さんから視線を逸《そ》らし、淹《い》れたばかりのコーヒーに口を付けた。

「そう？　ここ最近の小菅さん、ちょっと元気がないように見えるから」

その言葉にチラッと彼を見上げると、私に意味ありげな視線を送ってくる。

これは、もしかしてこの間のやけ食いのことを指してる？

「そ、そんなに元気ないように見えますかね……？」

恐る恐る尋ねると、即、返事が返ってきた。

「うん。表情が暗い」

今の私ってそんな風に見えているのか。

無自覚に態度に出して周囲に心配をかけ、仕事も中途半端。本当にダメダメだな、今の私。

この仕事はずっとやりたかったことなんだから、もっとちゃんとしなきゃ。

自分の中ではっきりと意識を切り替え、ぐっと顔を上げた。

「……ご心配いただいてすみません。実は、私生活でちょっといろいろありまして。でも大丈夫です。これからは心機一転、バリバリ仕事を頑張りますので！」

努めて明るく振る舞ったつもりなのだが、私を見る暮林さんの表情は微妙なまま。これはきっと無理をしていると思われてるな。

「入江さんにそのこと話したの？」

「いえ……」

小さく首を振る私を、暮林さんはじっと見つめてくる。

「今のままじゃ、頑張っても作業進まないでしょ。まずは集中できない原因をどうにかするのが先決じゃない？」

その正論すぎる指摘に言葉に詰まる。なんだか彼の下で研修を受けていた頃のような気持ちになり、視線を落とした。

「小菅さん、この後暇？」

何も答えられずにいる私に、暮林さんが尋ねてきた。

「いえ、まだやらなければいけないことが……」

ぽかんとする私を置き去りに、暮林さんは時計に目をやる。

「時間も時間だし、メシ行こうか」

「ええっ!?　なんで……」

思いがけない提案に動揺して声がうわずってしまう。ちなみに入社して以来、暮林さんと二人で食事をしたことなどない。だけど暮林さんの表情はいつも通りだ。

「入江さんよりは俺の方がまだ年も近いし、今は仕事にもあまり絡《から》んでない。だから私生活のいろいろも話しやすいんじゃない？」

と言って、私の顔を覗《のぞ》き込みニコッと微笑んだ。

確かに入江さんには恋愛の話なんて言いにくい、っていうか言いたくない。だからって、何故暮林さんに？

大体、彼は顧客から指名で依頼が来るほどの売れっ子プロデューサーだ。そんな忙しい人がなんでわざわざ私の話なんて……

ここでハッとする。もしかして暮林さん、さっき入江さんに何か言われたのだろうか？

そんなことを考えている間に、暮林さんは飲み終えたコーヒーカップを片付け、おもむろに私の腕を掴《つか》んだ。

「考える時間があるくらいなら、さっさと行こう」

「えっ、あの、ちょ、暮林さん！」

まだ行くと返事をしたわけではないのに、暮林さんは私の腕を掴《つか》んだまま歩き出してしまう。

「はっきり言おうか」

「え？」

「ケーキのやけ食いするくらい、腹の立つことがあったんでしょ」

「うっ……！」

暮林さんが振り向きざまにニヤッと笑う。その顔を見たらもう弁解する気も起きなかった。

「……分かりました。すぐ用意します」

私が頷くと、暮林さんは余裕の笑みを浮かべる。

「廊下で待ってる」

そう言って、私の腕を離して自分の席に向かって歩き出した。

――暮林さんの言う通り今のままでは仕事が捗《はかど》らないのも確かだ。それに、彼にはすでにみっともないところを見られてる……この際、全部吐き出してみるのもいいかもしれない。

私は急いで帰り支度をして部署を出る。廊下では、鞄《かばん》を持った暮林さんが私のことを待っていた。

「じゃ、行こうか」

「はい……」

歩きながら、まだ困惑している自分がいる。なんでこんなことになったのか、自分でも状況がよく呑み込めない。

彼の後について、暮林さんの行きつけだという焼き鳥屋の暖簾《のれん》をくぐった。

香ばしい匂いが充満した店内は、カウンターと四人がけのテーブル席が四つだけで、私達がカウンターの端の席に着くと店内は満席になった。

初めて来た店だけど、建物のレトロな感じとか、優しそうな店主の笑顔に好感が持てる。

「いい感じのお店ですね。よくいらっしゃるんですか」

「たまにね。気に入ってもらえてよかった。何食べる？」

彼にクリアケースに入ったメニューを手渡され、それをざっと見て注文を決めた。

「じゃあ焼き鳥の盛り合わせと、唐揚げとトマトのサラダを」

「飲み物は」

「えっと……レモンサワーで」

お酒を飲もうかどうか一瞬迷ったけど、ま、いいか。飲んじゃおう。

「了解。じゃ、俺はウーロン茶で」

それを聞いて慌てて彼を見る。

「ええっ!?　く、暮林さんアルコール飲まないんですか？　じゃあ私も……」

「いいって。君はアルコールが入った方が話しやすいでしょ」

焦る私を見て暮林さんが笑う。

「す、すみません……」

カウンター越しに飲み物を手渡され、そのグラスを私の前に置いた暮林さんは、ウーロン茶の入ったグラスを「お疲れ」と私に向かって小さく掲《かか》げた。

「お疲れ様です……」

彼に倣《なら》って私も同じように掲《かか》げてからグラスに口をつける。

暮林さんが飲まないのに私だけ飲んでいいものかと悩みどころではあるのだが。

それにしても……暮林さんとこうして肩が触れるくらいの距離で食事をするなんて変な感じ。

右隣でメニューをチェックしている暮林さんをチラリと盗み見る。

眼鏡にかかる前髪が、野暮ったく見えるような気がしないでもないけど、相変わらずとても綺麗な横顔。暮林さんって肌が綺麗で若々しいんだよね。たぶん二十代って言っても通用するんじゃないだろうか。

――そういえば、暮林さんって彼女とかいるのかな。そんな噂一度も聞いたことないけど……

そんなことを考えていたら、私の目の前にサラダと、焼き鳥の盛り合わせが置かれた。

「どうぞ。食べて」

同時に暮林さんの前にも盛り合わせが置かれたので、私はカウンターのケースから箸《はし》を取り、まず彼に手渡す。

「ありがとう」

「いえ。いただきます」

そう言って、ぺこりと一礼する。

「で、何があったの」

いきなりすぎて、口に入れたばかりのトマトでむせそうになった。私は慌てて、おしぼりで口元を押さえる。

「……っ、と、唐突ですね」

「それを解決するために誘ったんだから、当然。入江さんも心配してる」

「やっぱり、課長に頼まれたんですね」

だよね。そうでもなきゃ暮林さんが私を誘うなんて、ありえないよ。

「それもあるけど、この前あんな場面に遭遇したからね。泣きながら無表情でケーキを食べてる小菅さんは、なかなかインパクトがあったから」

その時のことを思い出したのか、暮林さんが苦笑する。

恥ずかしさに俯《うつむ》き、私は急激に火照《ほて》る顔を両手で押さえた。

「勘弁してくださいよ……」

「いつもと違う小菅さんがずっと気になっててね。入江さんを口実にこうやって誘い出したわけだよ」

砂肝が刺さっていた串を木製の串入れに入れてから、暮林さんが腕を組んで私を見る。

ここにきて、私は言葉にするのを躊躇《ためら》う。

「……聞いても楽しくないと思いますけど」

「それはなんとなく分かってる」

観念した私は、軽く息を吐いてから目の前の焼き鳥に手を伸ばした。

「私、婚活イベントで知り合った彼氏と同棲してたんです。その彼が、先日置き手紙だけを残して出てっちゃったんです」

「出てった？」

さすがにこの展開は読んでいなかったのか、暮林さんがグラスを持ったまま固まった。

「はい。置き手紙には別れてくれって書いてあったので、要は私が振られたってことなんですけどね……」

「振られた？　小菅さんが？」

暮林さん、さっきから疑問形ばっかりだ。

私はこっくりと頷いた。

「別れの原因に心当たりはないの」

これまで正面を向いていた暮林さんが、体ごと私の方に向きを変えた。

完全に話を聞く態勢になってる……。さすがに困惑したけど、ここまで話したのだからもういいか、という気になった。

「喧嘩とかはしてなかったので、最初は理由が分からなかったんです。でも……後になって、思い当たることがいくつかあって……私、ここ一年くらい仕事が楽しくって、仕事中心の生活になってたんですよね。もちろん彼を忘れたわけではなかったんですけど、彼も仕事で夜はいつも遅いから、完全に生活がすれ違ってしまって、顔を合わせない日の方が多いくらいでした」

「気づいたら心もすれ違ってたってことか」

「……ですね。きっと、そういうことだったのかと思います」

自分の行動が招いた結果だと分かってはいるけれど、はっきりそう言われてしまうと少しだけ胸が痛んだ。

ちらっと暮林さんを見れば、何か考え込んでいるように見える。

暮林さん、私のやけ食いの原因が男絡《がら》みだと分かって呆れているんだろうか。そりゃー、そうか。

こんな理由で仕事に支障を来《きた》すなんて、情けないことこの上ない。

でも、もう忘れよう。全部忘れて、仕事に生きるのもいいかもしれない……そんなことを考えていると、黙っていた暮林さんが口を開いた。

「……小菅さんは」

「は、はい」

「まだ彼のことが好きなの？」

真面目な口調で聞かれて、私はゆっくりと首を横に振る。

好きか嫌いかといえば、もう好きじゃない。

「彼とは……元々、友達みたいな感じで始まったんです。こう、『好きだー！』みたいな熱い感情ではなくて、軽い『好き』みたいな？　思えば、一緒にいて楽だったから同棲できていたのかもしれません……」

「そうか」

暮林さんは静かに話を聞いてくれている。

「漠然と結婚も考えていたので、いなくなった時はショックでしたけど……今となっては、本当に彼と結婚したかったのかも分からなくなっていて」

「うん」

――そうなると私、大して好きでもない相手のせいで仕事に支障来《きた》してるってことになるな……

「すみません、こんなプライベートなことを引きずって、ご迷惑をおかけして……」

自分で言って自分で落ち込んでしまう。ここで間髪《かんはつ》を容《い》れずに暮林さんの声が飛んできた。

「いや。別れた後ってそういうものでしょ。頭では分かっていても気持ちが追いつかないっていうかさ」

その言葉に思わず彼を見ると、優しく微笑まれた。

「……暮林さんも、そんなことがあるんですか？」

言った後でさすがに元上司に向かって失礼だった、と反省する。そんな私を見て、暮林さんがクスッと笑った。

「そりゃまあ。長く生きていれば、いろいろあるよ」

「あの、じゃあ、どうしたらその気持ちを切り替えられるんでしょう？」

この際だし、今の状況から抜け出すきっかけになれば、と私は暮林さんの方へ身を乗り出した。

「一つあるけど」

静かにそう言った暮林さんに、期待の眼差しを送る。

「なんですか？」

「別の相手と恋愛すること」

予想外の答えに驚き、暮林さんを見たまま固まってしまった。

「どうした？　俺なんか変なこと言った？」

自分の方を見たまま動かない私に、暮林さんは持ち上げたグラスを再びカウンターに戻した。

「い、いえ……でも、すぐにそんな気にはなれませんよ。それに、相手がいませんし」

本気なのか冗談なのか。彼の本意がいまいち掴《つか》めなくて、笑って誤魔化した。

私はそっと暮林さんから視線を逸《そ》らし、焼き鳥に手を伸ばす。

「相手ならいるけど」

「はい……？」

何気なく彼を見た時だった。

「小菅さん」

さっきまでと明らかに声のトーンが違う暮林さんが、妖艶《ようえん》な眼差しで私を見つめている。見慣れないその視線に、私は激しく動揺した。

「は、はい？」

「俺と恋愛してみない」

――へ……恋愛？　暮林さんと？

彼の言ったことが理解できず、私は目をパチパチさせる。

「……暮林さんも冗談を言うんですね」

「冗談を言ってるつもりはまったくないけど」

そう言って彼は、焼き鳥を取ろうと伸ばしたままだった私の手に、そっと触れた。その行動にも驚いたけど、さっきより彼との距離が近づいていることに気づき、私の顔から作り笑いが消える。

――待って、ちょっと待って。

私は、必死でこの状況を理解しようと試《こころ》みる。

暮林さんは私に「恋愛しよう」と言った。しかも冗談じゃないって。これは一体どういうことなの。

ものすごい勢いで私の体がカーッと熱くなる。と同時に戸惑いすぎて、視線が定まらない。

「あの、あの。暮林さんは本気で私と恋愛をしたい、と仰《おっしゃ》る……？」

「うんそう。っていうか仰《おっしゃ》るって何。おもしろいね小菅さん」

「どうして!?」

思いがけず大きな声を出してしまい、目の前で調理をしていた店主がビクッとなって私を見た。

「ああっ、すみませんっ」

ペコペコと店主に向かって頭を下げると、横で暮林さんがブフッと噴き出した。

――くっ、誰のせいだと思って……！

ムッとして暮林さんを睨《にら》む。すると彼は、口元を手の甲で拭《ぬぐ》いつつ、ごめん、と言ってずれた眼鏡を直した。

「どうしてって言われてもなあ。俺がそうしたくなったから、かな」

「したくなったからって、そんな簡単に……」

「簡単にってわけでもないんだよね。俺、結構前から小菅さんのこといいと思ってたから」

驚きすぎて、私の喉がひゅっと鳴った。

これまで、暮林さんと仕事で何度か接してきたけど、こんなに喋《しゃべ》る彼を見るのは初めてだった。それどころか、いつもの彼と雰囲気が全然違うので焦ってしまう。

私はようやく今起きていることは現実なんだと、じわじわと肌で感じ始めていた。

「……そ、それってつまり、私のことが好きってことですか？」

「うん、好きだね」

――えええええ……!!

改めて言われるとものすごい破壊力があった。

だ、だって、仕事がめちゃくちゃできて顧客からの信頼も厚い暮林さんだよ？　そんな人が、なんで私みたいなひよっこプランナーを!?

それに私、暮林さんがどういう人なのか、はっきり言ってよく知らない。

悪い人ではないというのは分かる。むしろ憧れている。でも、だからっていきなりお付き合いなんて考えられない。

「君は？　俺のことどう思う？」

未だ私の手を掴《つか》んだままの彼の手に力がこもる。

「ええっ、どうって……ええと……」

ぐっと身を乗り出し私との距離を詰める暮林さんに、どう返事をしたらいいのか分からなかった。しかも、カウンターの端に座っている私には、逃げ場すらない。

「あ、あの、新入社員の頃から尊敬していますし、すっ、素敵な男性だと思っています……」

テンパりつつ、なんとか言葉を選ぶ。その返事に、暮林さんがにっこりと微笑んだ。

「ありがとう。じゃあ恋愛も問題ないね」

――え――――っ!!　な、なんでそうなるの!?　っていうか、顔が近い近い!!

「ちょっと待って、待ってください！」

どうやってこの場を乗り切ろうか。必死に頭を動かし、私はとりあえず彼に掴《つか》まれていた自分の手を思い切って引き抜き、大きく深呼吸をした。

「暮林さん！　あの……そう言ってもらえるのはすごく嬉しいんですけど、私、まだ当分恋愛はいいっていうか、どちらかというと今は仕事を頑張りたいというか……」

私の説明を、黙って聞いていた暮林さん。

分かってもらえただろうか、とドキドキしながら彼の次の言葉を待つ。

「うん、大いに頑張って。君の仕事ぶりにはみんな、期待してる」

穏やかにそう言ってくれた暮林さんにほっと胸を撫で下ろした。

「でもそれはそれ、これはこれ」

「ええっ!?」

カウンターに軽く肘を付きながら、暮林さんは焦る私に再び妖艶《ようえん》な視線を送ってくる。

「これまで公私混同をせず、きっちり仕事をこなしてきた小菅さんだ。今更、恋愛が仕事の邪魔になることもないいんじゃない」

「うっ……いやでも、現にこうして周囲にご迷惑をお掛けしていますし……」

「今回は例外。普通何も言わず出て行ったりとか、しないでしょ」

「そうですね……って、そうじゃなくて！　突然すぎて私、何がなんだか……」

思えば元カレともラブな雰囲気は欠片《かけら》もなく、女として男性から好意を向けられる機会など、すっかりご無沙汰になっていた。それゆえに、突然のこの状況にどう対応していいか分からない。

おまけにさっきから暮林さんの色気が半端ないのだ。本当に隣にいる人物は、さっきまでの暮林さんと同一人物なのか!?　と激しく首を傾《かし》げたくなる。

頭の処理能力がいよいよ追いつかなくなった私は、両手を上げて暮林さんにギブアップを申し出た。

「あの、お願いですからちょっと待ってください。私もう、いっぱいいっぱいで……」

「君にとって俺は、恋愛対象にはならない？」

暮林さんが苦笑しながら私を見る。

「そっ、そういうことでは決してなく……」

即座に頭を横に振ると、暮林さんは少し寂しそうに目を伏せた。

「それともこんなおじさんはダメかな」

おじさんって。

「暮林さんはちっともおじさんじゃありません。年より若く見えるし、スタイルだっていいし。彼女がいないことがむしろ謎っていうか……」

「でも君は首を縦に振ってくれない」

これまでの暮林さんって、どちらかというと穏やかに人の話を聞いてくれる印象だった。なのに今はそんな穏やかさはまったく感じられない。それどころか、私に考える余裕を与えずに、ぐいぐいと答えを迫ってくる。

——どうしよう……どうしたらいいの……

私は内心で頭を抱えた。

「と、とにかく。待ってください。付き合うにしても、まずはお互いのことを知ってからでないと。話はそれからじゃないか、と……思うのですが」

苦肉の策でこう切り出すと、ずっと体をこっちに向けて私を見ていた暮林さんの眉が、ピクッと動いた、ような気がした。

「待てば、良い返事がもらえる？」

カウンターに肘を突き、私を見る暮林さんは、いつもの無口な元上司などではなく、大人の男の人そのもの。私を口説《くど》き落とす気満々なその表情にあてられて、なんだか変な汗が流れてくる。

「……わ、私、暮林さんのことほとんど知らないので、今はお付き合いも何も考えられません」

なんとか、精一杯のお断りの言葉を口にした。

「なるほど」

私の言葉に、暮林さんが顎《あご》に手を当て、何かを考えるような仕草をする。その、顎《あご》にかかる彼の手は、指がすらりと長くて美しい。

——あ、指が綺麗……

思わず彼の手に見入っていたら、指だけでなく綺麗な顔がこちらを向いた。

「じゃあ、知ってください」

――えええええっ!?

本当に、この人は私の知っている暮林さんだろうか……笑顔だけど、有無《うむ》を言わせない圧力を感じる。

そんな暮林さんに、もう一度お断りの言葉を言える勇気もなく、私はただ頷くことしかできなかった。

「わ、分かりました……」

暮林さんはいつの間にか注文していた二杯目のウーロン茶が入ったグラスを、綺麗な手で持ち上げ私の前に掲《かか》げた。それを見て、私もグラスを持ち上げる。

軽くグラスを合わせた後、ウーロン茶を飲む彼はとても楽しそうに笑った。

まだ困惑の気持ちが抜けないまま、私はあと僅《わず》かになったレモンサワーを一気に呷《あお》った。

二

土曜日の今日。今か今かと待ち焦《こ》がれていた物が、ついに配達された。

「ありがとうございましたー」

「こちらこそありがとうございます！」

爽《さわ》やかに去る配達員さんを見送って、玄関のドアを閉めた私は、待ちに待った物の入った段ボールをひしと抱き締める。この日を、どれだけ心待ちにしていたことか。

「来たよ――!!　待ってたよ、テレビさんと電子レンジさん!!」

元カレがこの部屋を出て行ってから、一週間ちょっと。

その日のうちに注文しておけば、もっと早く届いていただろう。でも、どうせ新しく買うなら、スペックとかちゃんと調べてから買いたい。そう思ったせいもあって注文を確定するまでに、少し時間がかかってしまったのだ。

電子レンジとテレビを元々あった場所に設置する。テレビの配線を難なくこなし、無事に以前と同じ環境に戻った。ついでに模様替えもして、雰囲気の変わった部屋に大満足。

設置したばかりのテレビのリモコンを手にぼんやりとザッピングしながら、私は昨夜のことを思い出す。

『俺と恋愛してみない？』

まさかあの人にあんなことを言われるなんて。

今でも、あれは本当のことだったのかと首を傾《かし》げたくなる。

暮林さん行きつけの焼き鳥屋で、彼から告白された後、何故か話は仕事のことに切り替わり、普通にお仕事相談をして店を出た。

『あの！　これ私の分です』

店の前で自分が食べた分の代金を渡そうとしたら、その手を掌《てのひら》で押し返された。

『誘ったのはこっちだから、お金はいいよ』

『でも……』

『悩みを取り除くはずが、君を困らせてしまったからね。せめてものお詫びだよ』

そう言われてしまうと反論もできず。私は手を引っ込めて、彼に一礼した。

『ごちそうさまでした』

『うん。タクシー呼んだから、それに乗って帰りな』

『え、タクシー!?　いいですよ、私、歩いて帰れます』

二杯ほどレモンサワーを飲んだけど、私はそんなにアルコールに弱くない。まだ電車も動いているし、問題なく帰れる。だけど暮林さんは、一歩も引いてくれなかった。

『だめ。こんな遅い時間に一人で夜道を歩かせるわけにはいかない』

――ええ……遅いって、まだ夜の十時くらいですけど!?

でも、私を見る彼の口元は笑ってるけど、目が笑っていない。これは大人しく言うことを聞いた方がよさそうだ。

『分かりました……タクシーで帰ります』

『それでいい』

ここで会話が途切れ、暮林さんが呼んでくれたタクシーを待ちながら、私は必死で何か話題を考える。だけど隣に立つ暮林さんとの距離がかなり近いことに気づき、緊張で体が強張《こわば》る。

——どうしよう、こんなに距離が近いと、どうしていいか分からない……

『べつに取って食いやしないから、そんなに緊張しないで』

ガチガチの私に気がついた暮林さんが苦笑する。

『だ、誰のせいですか！』

『俺だね。でも、その調子でどんどん俺を意識してくれると嬉しい』

そう言って魅惑の流し目を送ってくるから、私はさらに戸惑うばかり。

『えええぇ……!!』

ちょっと、この人本当に私の知る暮林さんなの!?　いちいち会話や行動が色っぽいんだけど!!

胸の鼓動が、ドクンドクンと騒ぎ始めた時、私達の前にタクシーが到着した。

その車に近づき素早くドアを開けた暮林さんは、運転手に何か声をかけた後、私に車に乗るよう促《うなが》す。

『じゃ。今夜は付き合ってくれてありがとう』

『い、いえ、こちらこそ、ありがとうございました』

慌てて頭を下げる私に微笑み、ドアを閉めてくれた。

なんと暮林さんは、先に運転手さんにタクシー代を渡していたのだ。しかも、わざわざ女性のタクシードライバーさんを指名して呼んでいたと、精算の時に知って驚いたのなんの。

何から何まで、やることがそつない。

ザッピングをやめた私は、座っていたソファーの上に倒れ込んだ。

暮林さんの女性関係の噂とか全然聞かないけど、あれは絶対女慣れしてる。私が思うにかなりの上級者だ。それがなんで、彼氏に逃げられたばかりの私に⁉ 絶対、無理でしょ……あんな……

昨夜の色気増し増し暮林さんを思い出し、顔から火が出そうになる。

——わーーっ、無理、やっぱり無理だよ‼ 考えられない‼

結局私は、暮林さんのことばかり考える週末を過ごす羽目になったのだった。

そうして迎えた月曜日。

出勤した私は部署に到着するなり早速暮林さんに遭遇してしまう。彼は私の顔を見ると、眉一つ動かさずに「おはよう」と声をかけてきた。その表情はいつもの暮林さん。

「おっ、はようございます……」

これまでと同じように挨拶《あいさつ》をしようとするけれど、どうしても声がうわずってしまう。そんな私の反応に、彼の口元がほんの少しだけ緩《ゆる》んだ。そのまま近づいてきた暮林さんは、私の耳元に顔を寄せ、こそっと囁《ささや》く。

「テレビと電子レンジは届いたの？」

耳から侵入した低い声が、電流のようにビリビリと私の右半身を走り抜けていく。

――うっ！　何これ、やっば……。

咄嗟《とっさ》に右耳を手で押さえ、暮林さんを見上げると、にっこりと微笑まれた。

少し熱を帯びた耳を見られたくなくて手で隠しながら、こくこく頷く。

「は……はい。土曜日に届きました」

「そう。よかったね」

そう言って私から離れた暮林さんが自分の席へ戻っていく。もっと何か言われるのかな、と身構えていた私の予想に反し、いつも通りの雰囲気に思える。

いきなり微笑みかけられて、思わずドキッとしてしまったけれど、もしかしたら私が気づいてなかっただけで、暮林さんは普段からこうなのかも？

そうだよ、他の社員にもこんな風に接しているかもしれないじゃん？　と考え直す。

朝礼を終えた社員がみんな席に着き、それぞれの仕事を開始する。

私は新しい企画書を作成しながら、つい、暮林さんの席の辺りを気にしてしまう。すると、自然と他の女性社員に対する彼の態度が視界に入ってきた。

「暮林さん、常田《つねだ》工業さんのイベントの進行表できました」

「うん、そこ置いといて」

彼は、書類を届けに来た女性社員の顔を見ることもせず、実に素っ気ない対応をする。その女性社員も慣れているのか、特に気にした様子もなくそのまま彼のもとを去っていった。

暮林さんの態度は気持ちいいくらいこれまで通り。

そう、無口であまり表情が変わらない——これまでの暮林さんのままだ。

私はパソコンのキーボードを叩きながら、必死に内心の動揺を周囲に悟られないようにした。

——いつもと違う暮林さんの対応、もしかしなくても、私にだけ……!?

どうやら私、本当に暮林さんにロックオンされているらしい。

仕事を頑張ろうと決めたばかりなのに、なんでこんなことになった!?

自分のふがいなさを反省し、今は仕事を頑張ろうと思った矢先の、暮林さんからの告白。

なんで次から次へといろんなことが起こるのだろう。さすがにこの急展開に頭がついていかない。

それでも私にはやることがたくさんあるので、とにかく心を無にして仕事に集中する。

週末に暮林さんと食事をした際、仕事のアドバイスをもらったので、それを参考にしつつ婚活イベントの進行表を仕上げた。

ミーティングルームの椅子に腰掛けた入江課長が、進行表のチェックをしながら、私の顔を覗《のぞ》き込んでくる。

「概《おおむ》ねいいだろう。それにしても……小菅、大分顔色が良くなったな。もしかして、あの後暮林と何か話したか？」

ここでいきなり暮林さんの名前が出たのでドキッとした。

「……課長、暮林さんに何言ったんです？」

すると課長がニヤリと笑う。

「大したことは言っていない。時間がある時にでも、話を聞いてやってくれと頼んだだけだ。あいつ、意外といいヤツだったろ？」

課長のお節介のお陰で、現在進行形でいっぱいいっぱいです、とは言えない。

戻された進行表を胸に抱き、作り笑いを浮かべる。

「私は昔からそう思ってますよ。新入社員の時に、暮林さんの下で働いたことがありますし」

「そうだったな。暮林もなぁ……関西から帰ってきてから、どうもこっちの若い社員との関係が薄くていかん。若い女性社員の中には、暮林のことを怖がる者までいるらしいからな。まったく、どーしたもんだか……」

課長は困ったように腕を組んで天を仰ぐ。

「まだこっちに戻ってきたばかりですし、じきに慣れるんじゃないですか」

「だったらいいんだが。あいつ没頭すると黙り込むし、人見知りだから飲み会にもほとんど参加しないしなぁ。俺は、暮林にみんなを引っ張っていって欲しいんだが」

人見知りって誰のことですか……あの人めちゃくちゃぐいぐい迫ってきてましたよ。

喉まで出かかった言葉を、グッと呑み込んだ。

私この前暮林さんに告白されてしまいました……なんて言えるわけがない。

課長に挨拶《あいさつ》をして、私は自分の席に戻った。

どう考えても、私にあの人の相手は荷が重すぎる。

——ああもう……本当にどうしたらいいんだろう……

私はまた、心の中で頭を抱える。でも、考えたところでどうにもならないことは、一旦考えるのをやめよう。勤務時間は、とにかく仕事に集中した。企画書作成と共に日常の雑務をこなし、気づくと定時を一時間ほど過ぎている。見たら周囲にいる社員もまばらだ。私もそろそろ帰ろうと荷物を纏《まと》めだしたところで、肩を叩かれた。

「お疲れさま」

耳に優しい低音ボイスに、素早く振り返る。

――暮林さん！

「お、お疲れ様、です」

「小菅さん、帰るところ悪いけど、ちょっといい？　荷物は持ったままでいいよ」

そう言う暮林さんも手には鞄《かばん》を持っている。

「あ、はい」

仕事モードの暮林さんに、仕事の連絡か何かだろうと思った。だから、特に意識もせず荷物を手に彼と廊下に出た私。先を行く暮林さんは、廊下を少し進んだところでこちらを振り返る。

「メシ行かない？」

「えっ」

目を丸くして立ち止まった私に、暮林さんはにっこりと微笑む。

「この前、俺が言ったこと忘れた？」

――確信犯だ！

完全に意表を突かれた私の体に、さっと緊張が走った。

「こうでもしないと君と二人きりになれないからね」

いつの間にか、暮林さんの雰囲気がさっきまでの仕事モードから、この前みたいな男の色気全開な感じに変化している。艶《つや》っぽい表情で見つめられて、耳を掻きむしりたいくらいこそばゆい。

「だからって、こんな嘘をつくようなこと……」

「嘘はついていない。言わなかっただけ」

満面の笑みでそんなことを言われて、思わず唖然とする。

「……っ、言わなかっただけって、そんな……」

納得がいかない私をそのままに、暮林さんがすたすたと歩を進めた。

——ねえちょっと、聞いてます!?

「ちょっと待ってください、どこへ……」

「とりあえず行こう。話はそこで」

——あああ、また暮林さんのペース。そんでまた二人で食事……!

緊張してろくに喋《しゃべ》ることもできないまま、二人で街を歩くこと数分。彼はラーメン屋の前で止まった。

——え!?　まさかのラーメン。

「ラーメン好き?」

「はい、好きです」

迷いなく返事をすると、じゃあここで、と言って少し年季の入ったお店の引き戸を開けた。

男前オーラ全開の人が選んだお店がラーメン……

それだけで緊張が薄れてしまう自分を、我ながらチョロいと思う。でもこういうお店は一人じゃなかなか入らないし、新しい発見がありそうでちょっと楽しみだったりする。

店内に入り、入り口脇にある券売機の前で立ち止まった暮林さんを見上げる。

「私、このお店に来るの初めてなんですけど、おすすめってありますか」

「魚介系豚骨醤油ラーメンか、鶏白湯《パイタン》ラーメンかな」

「鶏白湯《パイタン》、美味《おい》しそうですね。じゃあ私はそれにします」

暮林さんも同じものを選び、購入した券を店員さんに渡してからカウンターに座る。厨房《ちゅうぼう》をL字で囲うカウンターには、他に一組のカップルがいるだけだった。

「このお店よく来るんですか？」

「たまに。帰り道にあるから」

カウンターに置かれているセルフサービスの水をコップに注《つ》ぎ、彼の前に置く。「ありがとう」と言った後、何が可笑《おか》しいのか暮林さんがクスクス笑い出した。

「……どうしたんです、急に」

「いや、小菅さんの好みが分からないから、手当たり次第に通りのお店をあたっていこうと思っていたんだけど……まさか一軒目でＯＫがもらえるとは思わなかったな、と」

何それ……こっちこそ、女性の好みなんて熟知してそうな百戦錬磨《ひゃくせんれんま》風の暮林さんが、こんなこと言うなんて思わなかった。

「私、食にこだわりはないですし、美味《おい》しいものはなんでも好きです。この前の焼き鳥屋さんもとても美味《おい》しかったですよ」

「それはよかった」

言い終えると、口元を少し緩《ゆる》めた暮林さんは正面に視線を戻した。私も同じように前を向き、厨房《ちゅうぼう》の中の店主のてきぱきとした動作をぼんやりと眺める。

——会話……途切れた……

何を話そう、と会話の糸口を探る。こういう時、カウンター席ってありがたい。視線を厨房《ちゅうぼう》に向けていれば会話がなくてもなんとかなるから。

そんなことを考えていたら、暮林さんが会話を切り出してくれた。

「何か、聞きたいことある？」

「え？」

「俺のことよく知らないって言ってたでしょ。知らないと付き合ってもらえないなら、知ってもらわなきゃ、ね」

「く、暮林さんについて知りたいことですか……」

確かに、暮林さんのことをよく知らないとは言ったけど、そういうつもりで言ったんじゃない。

——言ったところで、たぶん無駄だろうけど……

とはいえ、一体何を聞いたらいいのだろう。いろいろ考えてみるけど、思い浮かぶのは本当にベタなやつばかり。

「じゃ、じゃあ……ごきょうだいはいらっしゃいますか？」

迷った末に、当たり障りのない質問をした。

「上に姉がいて、下に弟がいる。君は？」

へー、暮林さんは中間子なのか。初めて聞いた。

「私は姉が一人います。暮林さんは、一人暮らしですか？」

「うん。実家はちょっと遠いんでね。就職を機に家を出て、それからはずっと一人」

「そうなんですね……私も一人暮らしです……ってこの前話しましたよね……私の実家も遠いです。新幹線で二時間はかかります」

「君が新入社員の頃に言ってたこと覚えてるよ。冬は雪深くて、正月に帰省するといつも雪掻きしてるって言ってた」

「よく覚えてますね」

そんな遥《はる》か昔の、しかも誰に話したか分からないようなちょっとした内容を、未だに覚えてるなんて。正直驚いた。

目を丸くしている私に、暮林さんはフッと可笑《おか》しそうに笑った。

「だから、結構前から君のこといいって思ってたって言ったろ」

すっかり気を抜いたところに不意を突かれて胸がドキン、と大きく跳ねる。

ここでできあがったラーメンが私達の前に置かれた。

「食べようか」

暮林さんに言われ、ハッとラーメンに視線を落とす。

立ち上《のぼ》る湯気から香る、鶏白湯《パイタン》の食欲をそそる匂い。程よく脂《あぶら》がのったチャーシューと、色鮮やかな緑色のネギ。

家でインスタントラーメンを食べることはあるけど、こうしてお店でできたてのラーメンを食べるのはすごく久しぶりで、一気に食欲が湧いてきた。

「いただきます」

「どうぞ」

暮林さんが食べ始めたのを横目で確認してから、私も同じようにラーメンを啜《すす》る。

——あ、美味《おい》しい。

スープにはしっかりコクがあるのに、思ったよりあっさりしてる。それに、麺も好みの硬さと細さ。

はっきり言って想像以上の美味《おい》しさだ。こんな美味《おい》しいお店をこれまで知らずにいたなんて、もったいないことをした。

「すごく美味《おい》しいです。めちゃくちゃ私好みのスープと麺です」

「そう、よかった」

そう言ったきり、また黙々と麺を啜《すす》る私達。

食べている途中、私はあることに気づく。

「あ、よく見たらこのチャーシュー鶏肉なんですね。すごく美味《おい》しいです」

豚肉より脂《あぶら》が少ないけど、しっとりしてるしちゃんと味が染みている。それがとても美味《おい》しい。

「うん、鶏白湯《パイタン》には鶏チャーシューなんだよね。豚骨ラーメンに載ってるのは豚肉のチャーシューだけど、それも旨《うま》いよ。この店、チャーシュー丼も人気があるから」

「チャーシュー丼かあ。それも美味《おい》しそうですね……」

今度、京子を誘ってチャーシュー丼を食べに来ようかなー、なんて思っているうちに、暮林さんがラーメンを食べ終え、少し遅れて私もラーメンを平らげた。

「美味《おい》しかったです！　ごちそうさまでした」

美味《おい》しいラーメンでお腹《なか》がすっかり満たされ、満面の笑みで暮林さんを見る。そんな私を満足そうに見ていた暮林さんが、うん、と言って柔らかく微笑んだ。

「やっぱり君、いいね。好きだな」

「えっ……!!」

どうしてこの人はこういうことをサラッと言うかな。言われた方が困惑するって分かっているのだろうか……

私が面食らっている間も、暮林さんはニコニコしながらこっちを見ている。そんな彼に、私は開き直って、ずっと気になっていたことを聞いてみることにした。

「あの、暮林さん」

私は居住まいを正し、暮林さんの方へ体を向ける。

「うん?」

「私の、どこらへんが、その……お気に召されたんでしょうか……」

「お気に召すって」

私の聞き方が可笑《おか》しかったのか、暮林さんが肩を震わせる。

そんなに笑われると、言ったこっちも恥ずかしくなってしまう。

「だ、だって! 私からは言いにくいじゃないですか、その……好き、とかいう単語は」

「まあそうか。うーん、そうだな……」

コップの水を一口飲み、暮林さんが私の顔をじっと見つめる。

「最初に魅かれたのは目かな。大きくて、キラキラしてて。最初見た時ドキッとした。えらく可愛い子が入ってきたなって」

魅惑的な流し目を送りながら、暮林さんが私の第一印象を語りだす。自分で尋ねておきながら、あまりに恥ずかしすぎる言葉の威力に、私は聞いたことを後悔した。

「でも、顔が可愛いだけなら、恋愛対象としては見ない。俺はね、小菅さんの仕事に対する姿勢とか、謙虚で裏表が無い人との接し方がいいと思ったんだ。こんな子と一緒にいられたら楽しいだろうなって」

微笑む暮林さんを見たまま、私は何を言っていいか分からなくて固まった。

「意識したらどんどん好きになった。でも、君には彼氏がいると聞いていたし、女性社員から怖がられるような俺では、そもそも対象外だろうと思っていた」

「私、暮林さんを怖いと思ったことは一度もありませんよ」

彼と恋愛するかどうかはともかく、それだけはきっぱりと言えた。だって本当のことだから。

周囲から『あの人はすごい』と言われる暮林さんと、一緒に仕事をさせてもらえることが嬉しかった。私からすれば、周囲から尊敬される暮林さんが七つも年下の私に普通に接してくれることの方が驚きだったし、すごく感動して嬉しかった。その気持ちを今も忘れていないからこそ、突然好意を向けられて動揺しているのだ。

しかもこんな色気たっぷりの男前に告白されるなんて、人生で初めてのこと。だから余計に、この状況でどんな顔をしたらいいのか分からない。

返答に悩み、言葉が出てこない私を見ていた暮林さんが苦笑する。

「そういう真面目なところも好きだけどね」

「え？」

「自分でも君の状況につけ込んだ自覚はあるんだ。彼氏と別れて、心が弱っている君に強引に迫った俺は、幻滅されても自業自得《じごうじとく》だよな」

自嘲《じちょう》ぎみに呟き、暮林さんは腕を組んで目を伏せた。

——幻滅なんてとんでもない！

「い、いや……そんなことはないです。私、暮林さんのことはずっと尊敬する先輩社員だと思っていたので」

「ありがとう。でも、俺が欲しい言葉はそれじゃない」

きっぱり断言されて、思わず息を呑む。

「先輩社員から、ただの男として見てもらうことはできない？」

真面目に、真っ直ぐ思いをぶつけてくる彼に、心臓がドキドキと音を立てる。ラーメン屋のカウンターに座っているのを忘れそうだ。

「でも、あの、私、まだそこまでは……」

つい困惑の眼差しを送ってしまう。

私の暮林さんに対する感情は、元上司に対する尊敬や憧れだ。頭が固いと言われてもしょうがないが、そんな状態で彼と新しく恋愛を始めるのは正直怖い。元カレのこともあるし、これでダメだったら立ち直れなくなりそう。

この気持ちをどうやって彼に説明しよう、と言葉を選ぶ。

「暮林さんの気持ちは嬉しいんですが、私、やっと元の生活を取り戻してきたところなんです。決して暮林さんのことが嫌いとか、そういったことではないんですけど、元カレとのこともあって、今はまだ次の恋に積極的になれなくて……」

「ってことは、望みがまったくないわけではない？」

彼の眼鏡の奥の瞳が、鋭くなったような気がして肩が震えてしまう。

「う……なくは、ない、ですかね……？」

元上司に対してこんなことを言うのはとても恐れ多い。ビクビクしながら当たり障りのない返事を返すと、暮林さんの口元が緩《ゆる》んだ。

「だったら、付き合ってみてから答えを出せばいいんじゃない？」

そうだよね、やっぱりそう考えるよね……。でも、こればかりは同意できない理由があるのだ。

「中途半端な状態で付き合うなんて、相手に対して誠実じゃないと思うんです。それ

すかに……今付き合ったら、元カレを忘れるために暮林さんを利用するみたいじゃないで

「利用すれば？」

そう言って向けられる妖艶《ようえん》な視線に、こっちは焦ってしまう。

「む、無理です！　そんなこと、私にはできません！　もう……私がどれだけこの週末悩んだと思ってるんですか……」

「悩むくらいなら、思い切って俺の胸に飛び込んで来ればいいのに」

「……っ！」

驚きのあまり、口をぽかんと開けてしまった。

殺し文句か！　心の中で暮林さんに激しく突っ込みを入れる。あくまで心の中で。だって、私、ドキドキしすぎて、声が出せない。

「小菅さんは真面目だね」

「……自分でも分かってます……」

やっとのことで絞り出した声に、暮林さんは「分かったよ」と言って水が入ったコップに手を伸ばす。それにつられて、私も水で喉を潤《うるお》した。

お店が混んできたこともあり、ラーメン屋を出た私達は駅までの道を一緒に歩く。

またもや奢《おご》ってもらったラーメンはとても美味《おい》しかった。なのに、食べ終えてからの

暮林さんとのやりとりで、すっかりラーメンの印象が薄れてしまっている。

「あの、ごちそうさまでした。また奢《おご》ってもらってすみません」

「いいよ。こっちから誘ったんだし、君に支払わせるつもりもないから」

「でも……」

「俺がしたくてやってることだから、気にしないように」

そんなこと言われても、無理なんですけど。と言いたいのはやまやまだが、この人に口で勝てる気がまったくしない。

私は諦めて、ありがとうございます、と言ったきり駅までの道のりを黙って歩いた。

「小菅さん」

「は、はい」

名を呼ばれ、つい背筋を伸ばして彼を見上げる。

「いろいろと性急だったのは認める。困らせることばかり言って、悪かった」

「え……」

いきなり謝られてしまい、リアクションに困ってしまった。

「でも諦めるつもりはないよ。君に男として見てもらえるよう、今まで以上に努力しようと思う」

こう宣言して、暮林さんは優しく穏やかな微笑みを私に向ける。その素敵な笑顔に、またもやドキドキさせられる。

駅構内に入ると時計を見た暮林さんが、私を振り返った。

「悪い、快速に乗れそうだから行くわ」

「あ、はい。お疲れ様です。また明日」

「また明日」

笑顔と共にそう言い残して、走って行く彼の後ろ姿をぼんやり見つめた。

あの人のストレートな言葉は、傷ついた私の胸に激しく刺さる。そして、いつまでも私の胸にとどまって、愛の言葉を囁《ささや》き続けるから困ってしまう。

――絶っ対、確信犯だよね、あれ……

軽くため息をついてから、私は彼が向かったホームとは別のホームへと歩き出す。

自分の中に、少しずつ暮林さんのことを知りたいという気持ちが芽生《めば》え始めているのを感じながら。

それから数日後の朝。いつも通り出社したら、何故か社内がざわついている。不思議に思って自分の席に向かうと、先に来ていた京子が私のところへ駆け寄ってきた。

「佐羽、おはよ」

「あ、おはよー。京子早いね」

「ねえ、入江課長の話、聞いた？」

神妙な顔をする京子に私は眉をひそめる。

「聞いたって、何を？　入江課長が、どうかしたの？」

「怪我したみたい。昨夜病院に運ばれて、そのまま入院したって……」

「え!!」

予想していなかった事態に、私は京子を見たまま目を見開いた。

「えええ、ちょっ、それほんと？　怪我の詳しい状況とかは……」

「そこまでは、まだ分からないみたい。私も今聞いたばっかりでさ」

京子も困惑した様子で首を振る。周囲を見ると、同じように不安な表情で話し込む社員の姿が。

入江課長が関わっている企画はそれなりにある。私の携《たずさ》わっている例の婚活イベントもそうだ。このまま入江さんがしばらく出社できないとなると、誰が責任者としてスタッフを纏《まと》めるのだろう。

部署内に不安が広がり始めた時、ちょうどタイミングよく暮林さんが「ちょっといい？」と言って、みんなの注目を集める。

彼はフロア内をざっと見渡し社員に向かって声を上げた。

「十時からの企画会議は予定通り行《おこな》います。時間になったら担当者は会議室に行って」

「暮林さん、入江さん大丈夫なんですか？」

同じ課の若い男性社員が暮林さんに尋ねる。

「ああ、本人はピンピンしてる。ただ、家の階段から落ちて足の甲を骨折したそうだ。さっき電話があったよ」

ええ――!!　とみんなが口々にする中、一人の男性社員がホッとした様子で胸を撫で下ろす。

「骨折だなんてエラいことだけど、元気なら一安心ですね」

「でも、課長が関わってた案件ってどうなるんでしょう。人員の補充とか……」

今度は別の男性社員が暮林さんに尋ねる。すると彼は即、その社員の質問に答えた。

「入江さんがプロデューサーとして関わっていた件に関しては、当分、俺と運営課の石《いし》川《かわ》が分担して担当することになった。困ったことや不安なことは遠慮無く聞いてください」

石川さんというのは暮林さんと同じくらいの年齢で、イベント運営課に属する男性だ。暮林さんと同じようにやり手と言われている彼は、暮林さんとは正反対の性格で、社交的で場を和《なご》ませるムードメーカーのような人。暮林さんと石川さんだったら、入江課長の代わりは充分務まると思う。

暮林さんの説明に、ざわついていたフロア内は徐々にいつも通りの落ち着きを取り戻していった。

――私の企画はどうなるんだろう……

そんなことを考えながら暮林さんに視線を送っていたら、それに気づいた彼が、こっちに向かって歩いてくる。

「おはようございます。あの、びっくりしました、入江課長のこと」

私の挨拶《あいさつ》に応《こた》えながら、暮林さんがフーと息を吐いて脱力する。こんな暮林さんを見たのは、入社してから初めてかもしれない。

「俺も、朝イチで電話をもらって驚いた。しきりに仕事のことを心配してたけど、今は体を一番に考えて休んでください、と言っておいた」

「そうでしたか……」

「小菅さんが関わっている婚活イベントは俺が指揮を執《と》ります。よろしく」

もしかしたら、そうなるかもしれないと思っていた。

彼に男として見てくれと言われた直後、一緒に仕事をすることになるとは……。これまで、ほとんど仕事で接点なんてなかったのに、なんて巡《めぐ》り合わせだろう。

暮林さんと一緒に働けるのは嬉しいけど、このタイミングでっていうのは気まずい……

「詳しい話は、また後で」

自分なりに気持ちを切り替えて、私は自分の仕事を始めた。

気まずい気持ちはあるけれど、仕事なんだし、割り切るしかない。

席に戻った暮林さんは、机の上の資料を手にすると、足早に会議室へ入っていった。

「はい……」

その日の昼休み。昼食を取りに休憩スペースに集まった私達の話題は、自然と朝の出来事となる。

「にしても入江課長には驚いたなー、まさかの骨折で長期離脱とは……」

京子はまだ困惑しているようで、コンビニで買ってきた冷やしたぬきうどんのパッケージをバリバリと剥《は》ぎ取りながらため息をつく。

「ねー。しかも代理が暮林さんだっつーから、尚更よ。あの人、こっち戻ってきてから、ほとんど私達と関わることがなかったからね」

そう言ったのは、みなみさん。ちなみに私とみなみさんはお弁当持参だ。長方形の二段重ね弁当箱をテーブルに並べて、箸《はし》を進めている。

これまで私達のランチの話題に暮林さんが挙がることなどほぼなかったので、私の心中は穏やかではない。彼の名前が出る度に、どうにもドキドキしてしまう。

いやいや……今は仕事の話だから、となんとか気持ちを落ち着かせ平静を装《よそお》った。

「佐羽の例の企画も暮林さんが責任者になるんでしょ？」

「う、うん。そうだって」

京子の言葉に頷く私へ、何かを思い出した様子のみなみさんが、箸《はし》を止めて聞いてきた。

「そういえば佐羽って、新入社員の時、暮林さんの下で研修受けてなかった？」

「はい。だから……戸惑いもあるんですけど、ちょっと懐《なつ》かしい気もしてて」

「だったらやりやすいかもね。佐羽と暮林さん、珍しくよく話してた印象があるし」

まあ確かに。仕事で一度も絡《から》んだことのない石川さんより、暮林さんの方が私としてもやりやすい。あくまで仕事に関しては、だけど。

もしここで、暮林さんにお付き合いを迫られているなんて漏《も》らしたら……彼女達のことだ。ここぞとばかりに暮林さんとの交際を後押ししてきそうな気がする。思いっきり。この上なく。

その時、ちょうど隣のテーブルの会話が耳に入ってきた。

「――って、暮林さんだよ!?　仕事がデキるのは分かるけど、私、苦手～。石川さんの方がよかったなー」

――なんですって……？

こんな、社員が集まる場所でなんてことを言うのだ……と、こめかみを引き攣《つ》らせて声のした方を見る。そこには私よりも二つ年下の女性社員二人がランチをしていた。

私と同じように、その声に反応したみなみさんがいち早く声を上げる。

「ちょっと、伊東《いとう》ー！　あんたでかい声で何言ってんの」

名前を呼ばれた社員は伊東亜佐美《あさみ》。ショートカットが似合う活発な子だが、こうして余計なことを言うのが残念な点だったりする。

急に名前を呼ばれて、驚いた伊東が私達を振り返った。

「えっ……あっ、みなみさん！　びっくりしたあー。大丈夫ですよ、ちゃんと周りを見て暮林さんがいないことは確認済みですヨ」

「確認済みですヨ、じゃない！　大体なんで暮林さんが苦手なのよ？　あんたあの人とほとんど接点ないでしょうが」

そうなのだ。暮林さんは二ヶ月前に異動でこっちに戻ってくるまで、約三年間関西支社にいた。なので、現在二十六歳の伊東とは入社当時にちょろっと接したくらいのはず。

「だってー、暮林さんって、ほとんど飲み会に参加しないし、挨拶《あいさつ》しても会釈《えしゃく》するくらいで全然話してこないし。背が高くて結構イケメンだけど、なんか愛想無くて何考えてるか分かんなくないですか!?　コミュニケーション取れなそうで、やりにくいなって」

伊東の話を聞いていたら、以前入江課長が零《こぼ》していたことを思い出した。ってことは……

——課長に暮林さんのこと怖いとか言ったの、伊東だな！　ったく、よく知りもしないで。

「暮林さんはただ口数が少ないだけで、めちゃくちゃちゃんとしてる人だよ。相手のことを知らないのに、憶測だけでものを言うのはやめな？」

つい我慢できず、私は彼女を注意していた。

彼は決して愛想の無い人間ではないし、怖い人でもない。そこだけは、誤解してほしくなかった。

「……はあい、すみませんでした」

注意されて口を尖らせる伊東に、ため息をつきつつ視線を戻す。

すると、みなみさんと京子が驚きの眼差しで私を見ていたので、ビクッとなった。

「どうしたの、佐羽……」

「あっ、あの！　ほら、私、新卒の時、暮林さんにお世話になったから、やっぱり、ね！」

まじまじと私を見てくる京子に、慌てて弁明する。

「そっかー、佐羽にしては珍しいから驚いちゃった」

「私もー」

京子もみなみさんも納得してくれたので、ホッとする。っていうか、なんで私、暮林さんのことを悪く言われてこんなに苛ついてるんだか。

私は気持ちを落ち着かせるため、マグカップに入った緑茶を飲んだ。

食事を終えた私達が部署に戻ると、ちょうど暮林さんが外から戻ってきたところだった。私の姿を見つけた暮林さんが、手招きをする。

「小菅さん、ちょうどよかった。企画についてちょっといい？」

「はい」

導かれるまま暮林さんのデスクまで移動する。

「婚活イベントの会場のことなんだけど、確認したいことがいくつかあるんだ」

そう言って、暮林さんがイベントの会場の資料をデスクに広げた。

――暮林さん、もう企画内容確認してる。早い。私もちゃんとしないと。

「はい、どういった点ですか？」

「できれば現地を見てみたいんだけど、この後、同行できる？」

「……私もですか？」

「うん」

――それって、二人で行く、ってこと……？

私が黙り込むと、暮林さんが不思議そうな顔で私を見上げる。

「小菅さん？」

仕事モードの暮林さんにハッとする。何考えてるの私、これは仕事でしょ！

「はい、大丈夫です。同行できます」

「じゃあ一時間後に出ます。よろしく」

にこっ、と暮林さんが微笑んだ。

この間から変に暮林さんのことを意識してしまっている自分に、ため息をつく。

彼に微笑まれただけでドキッとしてしまうなんて。

——チョロい。私、チョロすぎる……

こんなことでときめいてどうするんだ。これは仕事だ。ただそれだけだ、と自分を戒《いまし》めながら、席に戻って、出かける準備を始めた。


会社を出た私達は最寄り駅までは電車で移動し、駅からは歩いて移動した。

今回の婚活イベント会場となるのは、とあるホテルの大ホールだ。結婚式にも利用されるそこは、一階に位置しホテルの中庭に面していた。ホールから中庭を眺めて歓談したり、中庭に出てお茶を飲んだりすることも出来る。まったりとした穏やかな雰囲気の中でなら、初対面の参加者達も落ち着いて話をすることが出来るんじゃないかと選んだ場所だ。

会場となるホテルに到着した後、私達はホテル側の担当者と挨拶《あいさつ》を交わし、一緒に会場まで足を運ぶ。

「最寄り駅から徒歩で五分以内。道も大通りに面していて分かりやすいね」

ホテル内を移動中、暮林さんが辺りを見回しながらそう言ってくれた。

「はい。そこはこだわりポイントの一つです。会場のホールも素敵なんですよ、広さもちょうどよくて」

私は、順調にお仕事モードを保ち続けていた。すると、少し先を行く暮林さんが振り返ってくる。

「この会場って、小菅さんが選んだの？」

「はい。提案したのは私です。一階にあって中庭に出られるのがいいなと思いまして」

私が以前参加したのは、公共施設を利用して開催された婚活イベントだった。その時は、会場内に設置された横長の事務用机を隔て、参加者同士が順番に話をしていく形を取っていた。

そのため、参加者が椅子に座っている時間が長く、どうにも事務的な感じがして、いまいち恋愛モードになりづらかったのを覚えている。

その時の経験を活かし、今回の企画では参加者に楽しんでもらえるよう、こういった場所を選んだのだ。まあ、予算の関係もあるんだけど。

「なるほど。いい感じだね」

「ありがとうございます。今後の人生の伴侶となる人が見つかるかもしれない大事な時間ですからね。落ち着いて、相手を見極めることができたらいいな、と」

私の話を聞いていた暮林さんが、ふむ、と呟く。

「今後の人生の伴侶か……なるほど」

「暮林さんも、開放的なところの方が本来の自分を出せたりしませんか？」

何気なく問いかけた私に、暮林さんの反応は素早かった。

「ということは、開放的な場所に君を連れて行けば、本心を見せてくれるのかな？」

意味ありげな呟きが聞こえて、思わず身構えてしまう私。

でも、暮林さんはそれ以上言葉を発することなく、会場へ入っていった。

――私の本心か……私はどうしたいのだろう。

好きか嫌いかと言えば好きだ。元上司として尊敬しているし、彼の仕事のやり方にも憧れている。でも、恋愛対象かというとよく分からないのだ。

暮林さんの思惑通り、かなり意識させられてる。だけど、実際に彼とお付き合いするというのは、正直なところ全然ピンときていなかった。

――こんなことを考えていたらドツボにはまる一方だ。やめよう。

胸に渦巻く気持ちを一旦棚上げし、私は頭を仕事に切り替え彼の後に続いた。

それからは、暮林さんと二人、ホテルのスタッフと会場の照明の位置や音響の機材などをチェックしていく。せっかくなので、会場のテーブルと椅子の数を確認し、当日のドリンクや料理のチェックも済ませた。そんなこんなで、会場を出たのは定時に近い時間となっていた。

さすがにへとへとになりながら最寄り駅に到着する。

暮林さんは、ちらりと腕時計に目をやってからこちらを向いた。

「小菅さん、今日はこのまま帰っていいよ」

「え、いいんですか?」

「戻ったら遅くなるし。君、この路線利用してるでしょ。今日はもういいから上がって」

とはいえ、暮林さんだって疲れているのに、本当に私だけ帰っていいのだろうか……悩む私の頭の上に、ポンッと暮林さんの手がのった。

――えっ……

見上げると、優しく微笑む暮林さんの顔。

その笑顔と、頭の上から伝わる大きな手の感触に、思いがけず私の体がカアッと熱くなる。

「さっきは変なことを言って悪かった。いい仕事をしよう」

「あ、あの……」

優しくポンポン、と私の頭を撫でた暮林さんは「じゃあ、また」と言って一人で行ってしまった。

一人残された私は、「ポンポン」された頭に手をやり、その場に立ち尽くす。

あまりにさりげなさすぎて、リアクションできなかった。

なのに……どうしてだろう、ドキドキが止まらない。

暮林さんの背中を見送ったのは、これで二度目だ。以前はなんとも思わなかった彼の後ろ姿に、何故か今日はせつない気持ちが湧き上がってくる。

彼の気持ちに応《こた》えることが出来ない自分に、少し胸が痛んだ。


入江課長が入院して一週間近くが経過した。

だが、課長不在の中、イベント準備は着々と進んでいる。最初はそのことが少し不安でもあったのだが、そんな不安を払拭《ふっしょく》するように各チーム順調に仕事をこなしていた。

その中心にいる暮林さんは、実にテキパキと役割を果たしている。それもあって、若い社員達の彼を見る目が、これまでと明らかに違ってきていた。

私はそれが嬉しいような、ちょっと残念なような不思議な気持ちでいた。

午前中の休憩時間。

私が休憩スペースでコーヒーを飲んでいると、ちょうどお茶を飲みにきた京子とばったり遭遇する。軽い会話を交わした後、話題は自然と来週末に行《おこな》われる結婚式の二次会のことになった。

結婚式を挙げるのは、私達の一つ先輩の女性社員。お相手は、同じ課内の三つ上の男性社員だ。こっそり愛を育《はぐく》んでいた二人は、先月いきなり結婚を発表して周囲を驚かせた。

仕事柄、週末にイベントの仕事が入っている同僚を慮《おもんぱか》ったのか、二人の結婚式と披露《ひろう》宴《えん》は午後六時開始となっていた。

私達が参加する二次会は、その後行《おこな》われるため、早くても夜九時頃になるだろう。

「私、その日一件仕事が入ってるから、それの打ち上げの後、直接会場に向かうよ」

スケジュール帳を確認しながら京子が言う。

「分かった。じゃあ、会場で落ち合おう。……それにしてもさ、あの二人、いつの間にそこまで話を進めてたんだか……京子は知ってた？」

「いや、知らなかった。でもよく二人で話したりしてたし、仲いいなって思ってたから、結婚するって聞いた時もそこまで驚かなかったかな」

そうか、気づいてなかったのは私だけじゃないのね。ってことは、バレないよう周囲に相当気を配ってお付き合いを続けていたのか。すごいな、二人とも。

そんなことを考えていると、ひょいっと京子に顔を覗《のぞ》き込まれる。

「元カレの話を聞いた時は、さすがに心配したけど、もう平気みたいね」

「うん。お陰様で元カレのことは綺麗さっぱり忘れたよ。仕事で忙しくさせてもらったのもよかったのかも」

「そっか。よかったよかった」

あははー、なんて京子と笑い合う。でも、元カレを忘れるのに一番貢献してくれたのは、どう考えても暮林さんだろう。

『俺と恋愛してみない？』

言われた時の衝撃を思い出す。あの時から、私の中で暮林さんの存在がグッと大きくなった。

最近の彼は、忙しいのか以前みたいに食事に誘ってきたりはしない。けれど、仕事で毎日顔を合わせる分、前よりも距離が近くなったように感じる。

でも相変わらず、暮林さんとどうなりたいのか答えは出ていない。

はっきり言って、彼に対して不満は一切ない。むしろ、なんで私なんだろうという疑問の方が大きい。だって、彼みたいな人だったら、もっとふさわしい素敵な女性がたくさんいると思うのだ。

『だったら付き合ってみてから答えを出せばいいんじゃない？』

確かにそういう方法もあるのかもしれない。けど、一緒にいて楽だから、という理由で付き合った元カレとの散々な結末を思うと、気軽に次の恋へ踏み出せない。

『悩むくらいなら思い切って俺の胸に飛び込んで来ればいいのに』

——そんな、簡単に飛び込めないよ。

また失敗して傷つくのが怖かった。だから、そう簡単に次には進めないんです、暮林さん。


そんなある日。私は入江課長に届け物をするために、課長が入院する総合病院を訪ねた。

整形外科の入院病棟は三階。フロアを進み、事前に聞いていた病室をノックする。

「失礼します」

半分カーテンを閉めたベッドの上で、入江課長が上体を起こして雑誌を読んでいた。

見た感じ、ギプスに覆《おお》われた足以外は元気そうだ。

「おう。わざわざ来てもらって悪いな」

「いえ、お見舞いに行こうと思っていたのでいいタイミングでした。これが、主任に頼まれた書類で、これは課のみんなからのお見舞いの品です。あと、雑誌を何冊か買ってきました」

書類が入った封筒を手渡し、お見舞い品と雑誌の入った紙袋をベッド横の棚の上に置いた。

「ありがとう。急にこんなことになって、迷惑かけて申し訳なかった。まあ座ってくれ」

「会社のことは気にせず、ゆっくり静養してください。でも、聞いた時はびっくりしましたよ」

ベッドの脇に置かれた丸椅子に腰掛けると、課長は申し訳なさそうに頭を掻いた。

「夜、寝ぼけたまま階段を下りたのがいけなかった。目測を誤って、そのままズダダダダーッと下まで落ちてこの様《ざま》だ。ほんと参ったよ」

ひー。想像したら寒気がした。

「聞いてるだけで、こっちまで痛くなります。でも、元気そうで安心しました」

「お陰様でな。じきリハビリも始まる。それより石川と暮林はどうだ？　特に暮林」

急に暮林さんの名前が出たのでドキッとした。

「毎日すごく忙しそうです。最近は、あまり会社で姿を見かけなくなりました……」

「そうか……。若い社員は、あいつにちゃんとついていってるか？」

課長が心配そうに聞いてくるけど、これには自信を持って「はい」と答えた。

「心配いらないと思います。最近は、自分達の方から暮林さんに質問に行ってますよ」

彼の仕事の進め方は、無駄が無く的確だ。それに企画を進行する関係上、若い社員にも積極的に話しかけてコミュニケーションを取っている。それもあって、今ではすっかり彼らの信頼を集めたようだ。

結果だけ見ると、入江課長の長期離脱は、暮林さんと若い社員の信頼関係を深めるための作戦だったのでは？　と思えてくるから不思議だ。

「例の婚活イベントも暮林が担当することになったんだろ。どうだ、上手《うま》くやれているか」

「はい。順調に進んでいます」

心配はいりません、と微笑むと、課長はホッとしたように表情を緩《ゆる》めた。

「まあ、暮林はお前を随分気に入っていたからな。心配するだけ野暮か」

「え？」

私が真顔のまま黙り込むと、課長が「あれ？」と言って私を見る。

「もしかして聞いてないのか」

「な、何をです？」

「だって、暮林が関西に行く時、人員補充としてお前を企画課に推薦したの、あいつだからさ」

――え。

そんなの知らない！　驚いた私はつい前のめりになって課長に尋ねてしまった。

「それ本当ですか？」

「ああ、もちろん暮林の意見だけでお前を企画課に異動させたわけじゃないが、きっかけはあいつだよ。この前話したっていうから、てっきり知ってるのかと」

「いえ、暮林さんはそんなこと一言も……」

……っていうか、あの人そういうこと言いそうにないよね。

などと考えていると、課長が私を見て意味ありげに笑う。

「新人研修で短期間一緒に仕事しただけの小菅を推薦するなんて、意外だったけどな。よっぽど何か印象に残ってたんじゃないか」

まさか彼が私を企画課に推薦してくれていたなんて、思いもしなかった。

その時、ふと新人の時に何気なく暮林さんと交わした短い会話を思い出す。

そうだ、あれは確か企画課で研修中に関わったイベントの打ち上げの時だ。たまたま隣の席に座った私に暮林さんが話しかけてくれて……

『小菅さんは、この会社で何をやりたいの』

『やっぱりいつかは、自分でイベントを企画して、運営に関われたらいいなと思ってます』

嘘ではないけれど、非常にありきたりな答えだったと思う。言ったそばから反省する私に、暮林さんは優しく笑って、『そう。頑張って』と言ってくれた……

——って、これだけだよ!? こんな短い会話を、暮林さん、よく覚えてたよね!?

記憶力の良さにびっくりだ。けど、新人の私が言ったテンプレ回答を、暮林さんは信じてくれたということに胸が熱くなった。

「……ほんと、口数少なすぎ」

「何か思い当たることあったか」

「……ええ、まあ……」

それから、入江課長と事務的な会話をいくつか交わし、私は病室を後にした。

病院の階段を下りながら、さっきから頭の中が暮林さんのことでいっぱいだった。

もし、あの時、私がケーキを爆食《ばくぐ》いしている現場を見られなかったら、彼はこのことも自分の気持ちも、私に伝えることはなかったのだろうか。

「……ほんと、謎の多い人なんだから……」

なんだか今、無性に暮林さんに会いたくて堪《たま》らなかった。

＊＊＊

「では、当日もよろしくお願いします、暮林さん」

「こちらこそよろしくお願いいたします。では」

　クライアントとの打ち合わせを終えて、時計を見た。時刻は午後二時。今からなら病院の面会時間に間に合いそうだ。

　俺は、急遽《きゅうきょ》入江さんの入院先に顔を出すことにした。道中で購入した見舞いの品を手に、病室のカーテンから顔を出すと、雑誌を眺めていた入江さんが微笑む。

「おお、暮林か。今日はなんだ、千客万来だな」

　――千客万来？　俺の他に会社の人間が見舞いに来てたのか……

「これ見舞いです。日持ちするお菓子はご家族に差し上げてください。入江さんの暇つぶし用に文庫の新刊も買ってきましたが、結構、読むものありそうですね。誰か買ってきてくれたんですか？」

　ベッド脇の丸椅子に腰を下ろすと、入江さんが読んでいる雑誌を顎《あご》で示す。

「小菅が来てたんだよ。この雑誌も彼女が持ってきてくれた」

　思いがけず彼女の名前が出たので、つい敏感に反応してしまう。

「小菅さん？　いつです」

「三十分くらい前かな。お前が忙しそうにしてるって聞いたとこだ」

　三十分前……三十分なら今頃最寄りの駅に着いている頃か。

　なんて考えていると、入江さんが雑誌を閉じて、申し訳なさそうに頭を下げてきた。

「悪かったな、面倒かけちまって」

自分はまったく面倒などと思っていないので、頭を下げられるのは逆に申し訳ない。ただでさえ彼は長期離脱することに負い目を感じているだろうから。

「そうでもないですよ。慌ただしく駆け回るのも悪くないですね。なんだか、新人の頃に戻ったような気がしてますよ」

「何を言う。お前、新人の頃から飄々《ひょうひょう》としてて、慌ててるとこなんか見たことねえぞ」

「そうでしたっけ？　自分ではなんとも」

だろうな、と言いながら入江さんが六十度ほど起こしたベッドに背中を預けた。

今後のリハビリのことや、入江さんが関わっていた仕事に関しての伝達事項を一通り話した後、彼が思い出した様子で口を開く。

「そういえば、さっき小菅に企画課にお前を推薦したのは暮林だとバラしちまった。でもいいよな、別に言っても」

一瞬、なんのことを言われているのかと思ったが、すぐに思い出した。

そういえば、自分が関西に異動になる前、企画課の人員補充として彼女の名を出した。あれは、俺が彼女を推薦したことになるのか。

「あんなの、推薦なんて立派なものじゃないですよ。ただ名前を出しただけです」

「いやいや、お前があそこで小菅の名前を出さなかったら、たぶん今、彼女は企画課に来ていなかった。小菅に話したらさすがに驚いてたわ。まさかお前に推薦されたとは、夢にも思ってなかっただろうからな」

してやったりな表情の入江さんに、何か意図的なものを感じる。

「入江さん。何か余計なことを考えてたりしませんか？」

「ん？　いや～、別に？　ただお前の口から名前が出る女性社員なんて珍しいから、小菅はお前のお気に入りなんだとばかり」

ニヤニヤして俺の返事を待つ入江さんには、どうやら全てお見通しらしい。かといって別に隠すつもりもないけれど。

「まあ、否定はしませんよ。ありがたいことに彼女は今フリーなので、やれるだけのことはやろうかと」

真顔で返事をしたら、入江さんの目が丸く見開かれる。この話を振ったのは入江さんなのに、なんでそんなに驚いているんだ？

「お、お前、本気なのか？」

「当たり前です。軽い気持ちで告白したりなんて、俺にはできませんからね」

「ホー……」

フクロウみたいな声を発し、入江さんの目が泳ぐ。どうやら、珍しく彼は動揺しているようだ。

「なんです。そんなに俺が女性に本気になるのが珍しいですか？」

「だって、実際珍しいだろ。小菅のどこがそんなに気に入ったんだ？」

まさかここでこんなことを聞かれるとは思わなかったが、正直に白状しない限り、たぶん帰してもらえないだろう。

「うーん、そうだな……外見も好みですが、新入社員の頃から彼女が持ってる優しい雰囲気が好きでしたね。飲み会で彼女が隣に座った時、異様に気持ちが落ち着いたんです。それと彼女、ほぼ毎日弁当持参しているんですが、そんな家庭的なところもまたいいな、と。あ、あと声もいいですね」

思いつくままに挙げていったら、何故か入江さんの表情がげんなりしていった。

「……ほぼ全部じゃないか」

「まあ、そうとも言いますね」

そうか、全部って言えばよかったのか。次はそうしよう。

「お前、それだけ彼女のことが好きなのに、よく関西行きの話を受けたな」

「当時彼女には付き合っている男がいましたから。こんな男が近くにいたら、彼女のためにもよくないでしょう。そう思って環境を変えたんですが……まあ、今の状況には自分でも驚いていますよ」

つい自嘲《じちょう》すると、入江さんが真剣な顔をして腕を組んだ。

「さあ、それはかりはなんとも。あ、面会時間もう終わりですね」

荷物を手に椅子から立ち上がったら、入江さんが僅《わず》かに体を起こす。

「見舞い、ありがとな」

「いえ。早く戻ってきてくださいよ、待ってるんで」

「おう、頑張るよ。だからお前も頑張れよ」

すぐ何のことだ？　と思ったのだが、入江さんがニヤニヤしているところを見ると、どうやら仕事ではなく、小菅さんとのことを言っているらしい。

「はい。では、失礼します」

病室を出て歩きながら、頑張れか、と小さく呟いてみる。

まさか自分が、後輩社員に交際を迫る日がくるとは思ってもみなかった。

あの日、無表情でケーキをやけ食いする小菅さんに遭遇しなければ、今こんなことにはなっていない。そう思うと、これもきっと縁なのだろう。

でも、後悔はしていない。

会う度に、彼女を好きだという気持ちが大きくなっていくのが分かる。

いい年をしたおっさんだというのに、彼女といると忘却の彼方《かなた》となった初恋の時の気持ちが思い起こされるのだ。

「……脈はあるのか？」

彼女と一緒にいるのは楽しいし、思っていた通り素敵な女性だった。

自分が意図して囁《ささや》く甘い言葉に、いちいち顔を真っ赤にしているところなんか、もうめちゃくちゃ可愛い。そのせいで、困らせると分かっていながら、つい強引に彼女を口《く》説《ど》いてしまった。

突然の告白に戸惑う彼女の気持ちも分かる。

それでも最近、彼女が大分自分を男として意識してくれるようになったのを感じていた。

あともう一押し必要だろう。

彼女に対しては、自分でも意外なほど焦っていた。

さすがに無理強《じ》いはしたくない……

その一方、仕事で一緒にいる時間が増えたこともあり、最近は彼女を誘い出したい気持ちを抑えているのだが、そろそろ我慢も限界が来そうだ。

「さて、どうするか……」

少しずれた眼鏡のフレームをくいっと上げて、俺はちょうど目の前に停車していたタクシーに乗り込んだ。

三

同僚の結婚式が行《おこな》われる土曜日。

今日はイベントの仕事も入っておらず、一日休みの私は、朝からネイルサロンへ出かけた。こうしてサロンでネイルをしてもらうのは久しぶりで、なんとなく気持ちが華やぐ。

——だってこんなことでもなければ、自分に手をかけることってあんまりなくない……？

彼氏に出て行かれてからというもの、気持ちの整理に追われて、自分の手入れをすっかり怠《おこた》っていた。そのことに気がついた私は、せっかくの結婚式だからと、過去に何度かお世話になったネイルサロンで手と足の爪にジェルネイルをしてもらった。

淡い桜色と白のフレンチネイルにストーンを載せた、シンプルなネイル。だけど私の気持ちを上昇させるには充分だった。

店から出た私はテンションが上がっているうちに日用品の買い物を済ませ、一度家に帰る。

二次会は夜からなので、ゆっくり支度を始めた。まずは、奮発して買った一枚二千円近くするシートマスクを顔に貼り付け、しばし待つ。

肌の状態がすこぶる良くなったところでいつもより手の込んだ化粧を施《ほどこ》し、服を着替える。

今日のために選んだ服は、藍色の光沢あるシンプルなワンピース。そこにパールの二連ネックレスを合わせて上品に纏《まと》めた。

――そういえば、今日って暮林さんも来るのかな……？　結婚式の二次会なら、スーツ？　あ、でも披露宴《ひろうえん》に参列してたら礼服かな……？

いつの間にか、自然と暮林さんのことを考えている自分に気づいて驚く。なんで私、暮林さんが来るかどうかなんて気にしてるんだろう。

――べ、別に、暮林さんのためにお洒落《しゃれ》してるわけじゃないし。

着替えを終え、予約しておいた美容室に出かける。そこで髪を巻いてハーフアップにしてもらった。以上で、私の二次会スタイルが完成。

全身ばっちり決まったところで、私は会場となるレストランへ向かった。

会場は、結婚式と披露宴《ひろうえん》が行《おこな》われたホテルから、徒歩で移動できる距離にあるカフェレストラン。昼はカフェレストランだが、夜はイタリアンバルに変わるというこの店を貸し切りにして、同僚の結婚式の二次会が行《おこな》われる。

早めに会場入りしたつもりだったが、披露宴《ひろうえん》に参加した人達がすでに到着しており、あらかたメンバーが集まっているようだった。入り口でスタッフに荷物を預けて賑《にぎ》やかなフロアを進むと、長い髪をアップにしたみなみさんを見つける。彼女の今日の装《よそお》いは、細身の黒い膝丈ドレスだ。

「みなみさーん」

「あ、佐羽！　髪アップにしてる～、可愛い～！」

みなみさんは新婦と同期で、結婚式から参列している。それもあって、どうやらすでに大分お酒が入っているようだった。

「みなみさん、完全にできあがってますね」

「そりゃ、同期の結婚となれば、めでたいってんで飲むっしょ。佐羽は？　飲む？」

「飲みますけど、その前に京子に連絡してみますね」

仕事の後、直接会場に来ると言っていたが、ざっと見渡した限り京子の姿は見当たらない。念のため連絡を、と思いレストランの隅っこに移動して彼女へのメッセージを打ち始める。

——暮林さんは、来てるのかな。

新郎と暮林さんは年も近いし、今は職場も一緒だ。呼ばれていないということはないだろう。メッセージを打ちつつ、チラチラと周囲を窺《うかが》うがそれらしき姿はない。

——まあ、暮林さんは忙しいし、結婚式や披露宴《ひろうえん》に出席しても、二次会までは来ないか。

自分の中でそう結論づけ、京子にメッセージを送信する。でも、内心では会えたらいいな、と少しだけソワソワする私がいた。

それからしばらくして京子が会場に到着し、主役の新郎新婦も到着して、二次会が始まった。

まずは、新郎新婦の挨拶《あいさつ》があり、出席者を代表して先輩社員の石川さんがスピーチする。その後は、自由な歓談タイムとなり、みんなが思い思いに席を移動して話に花を咲かせていた。私達も新婦のもとに近づいて、三人で用意したお祝いの品と花束を渡す。

「美貴《みき》さん、おめでとうございます。これ私達から」

「きゃー!!　みなみー、京子ー、佐羽ー!!　ありがとねー」

花束を手に幸せそうに笑う美貴さん。聞くと新郎とは、随分長い間こっそりとお付き合いを続けていたようだ。そのことに、みなみさんが思い切り食いついた。

「うちの会社、社内恋愛禁止ってわけでもないのに、なんで秘密にしてたわけ？」

「だあって、気を使われるの嫌だったんだもん。それにまさか結婚するとは思ってなかったし。でも結果的に、会社では普通にして外では仲良くっていう、メリハリがよかったのかも。だから長く続いたんじゃないかな」

その意見に、私達独身三人は大きく頷いた。

「なるほど、メリハリね……」

「勉強になります……」

みなみさんも京子も、彼女の言葉を噛みしめているようだった。私も深く頷く。

新婦から離れ、再びみなみさんと京子と三人で話をしていると、近くがやけに騒がしい。視線を向けると、伊東を含めた若い女性数人のグループが、ひどく盛り上がっていた。

「――だよ、アレ！」

「ええ――っ！　嘘、あんなだったっけ？」

「やばい、マジ惚れそう」

男性達の集まる一角を見て、きゃあきゃあ騒ぐ伊東達。私とみなみさんは首を傾《かし》げる。

「なんだ、あれ」

「さあ。誰かのことを言ってるような？」

私もみなみさんも伊東達の視線の先を辿《たど》る。そこには、うちの男性社員が数名、固まって話をしていた。

「あの中の誰かのこと言ってます？」

京子の言葉に、私もみなみさんも頷いた。

「そんな感じね。でも誰のことだろ……ん？」

何かに気がついたみなみさんが、体を前のめりにして目を凝《こ》らす。

「もしかして……ちょっと、佐羽アレ」

ほら、とみなみさんが顎《あご》で指す方向を、じっと見つめる。

そこにいる男性は四名ほど。全員、先輩社員だった。普段なかなか見ない礼服を纏《まと》った男性社員の中に、見かけない人物が交ざっている。伊東達はきっと、その人のことを見ていたのだろう。

でも、騒ぐのも無理はない。だってその人は遠目で見てもすっごいイケメンでって……ええっ、暮林さん⁉

イケメンの正体が分かった瞬間、思わず息を吞んだ。

黒い礼服が映《は》える細身の長身。少し長めの前髪を整髪料で後ろに流しているので整った顔立ちがはっきり見える。穏やかに微笑む目は綺麗なアーモンド型。いつもかけている眼鏡を、今日はかけていなかった。

こちらの視線に気がついた彼は、私に向かってにこっと笑った。

その笑顔に私の心臓がドクンと大きく脈打つ。

——な、なんで急に、心臓が……

そんな私の背中を、みなみさんがポンポンと軽く叩く。

「ねえ、あれ暮林さんよね？　なんかいつもとえっらく違わない？」

さすがにみなみさんも、女性社員の注目の的になっている男性が暮林さんだと気がついたらしい。目を丸くしている様子からして彼女も彼の変化に驚いているようだった。

「眼鏡をかけてないのと……今日の服装の影響が大きいのかも……」

「それにしたって、髪型と眼鏡であんなに変わるんなら、そりゃあ、伊東達が騒ぐはずだよ」

するると、暮林さんが男性達の輪から離れ、私達の方に向かって歩いてくる。

――え、こ、こっちに来る？

「あれ？　暮林さんこっちに歩いてくるよ」

「うわー、なんか緊張しちゃいますね」

みなみさんと京子が話している間も、私は近づいてくる暮林さんから目が離せずにいた。

「や。お疲れ様」

すぐ側まできた暮林さんが優しく微笑む。そんな彼に早速みなみさんが話しかけた。

「暮林さん、披露宴《ひろうえん》に出てました？　私全然気づかなかったんですけど」

「いや、さっき来たとこ。今日は仕事でね」

すると今度は、京子が暮林さんをまじまじと見る。

「暮林さん、眼鏡かけていないと雰囲気《ふんいき》が違いますねー」

それに対し、暮林さんは軽く首を傾《かし》げる。

「そう？　でも、いつもあるものがないと、結構落ち着かないものだね」

見た目は超絶イケメンでも、中身はいつもの暮林さん。

そのことに安心すると共に、ちょっと可笑《おか》しくなる。みなみさんも京子もクスクス笑っていた。それにつられて私も笑う。

せっかくだから乾杯しようということになり、ちょうど横を通った店のスタッフに、みなみさんがドリンクのメニューを頼んだ。すぐに、メニューが手渡され、みなみさんと京子がそれを覗《のぞ》き込んでいる時だった。

「俺、変じゃない？」

いつのまにか私の隣にいた暮林さんが、そっと私に囁《ささや》いた。不意を突かれた私は、驚いて軽く肩が跳ねてしまう。しかもさっきまでの和《なご》やかモードから一転、彼は熱を帯びた艶《つや》っぽい視線を私に向けていた。

「へっ……変じゃない、です。その、……素敵です……」

「よかった、ありがとう」

気恥ずかしくて彼から視線を逸《そ》らすと、ホッとしたような優しい声が降ってくる。

――そんな素敵な格好の時に、艶《つや》っぽい視線で見てくるの、ほんと勘弁してほしい。

「佐羽と暮林さん、はいドリンクメニュー」

みなみさんにドリンクメニューを手渡され、暮林さんと二人でそれを覗《のぞ》き込む。明らかに彼の顔が近くに感じられ、心臓がばくばくして苦しくなり始めた時、私達の背後に人の気配を感じた。

「くーればやしさん!!　むこうの席で石川さんが一緒に飲みませんかって！」

テンションの上がった高い声と共に現れたのは伊東だ。彼女はそう言うなり、暮林さんの腕に自分の腕を絡《から》めると胸を押しつけるみたいにして抱き締める。それを見た私達はギョッとして言葉を失う。

——ちょ、伊東——!!

ハッとして、暮林さんを見れば、特に顔色を変えることなく、いきなりやってきた伊東を見下ろしていた。

「ああ……そう」

「ほら、行きましょ！　では先輩方、失礼いたしまーす」

ぐいぐい暮林さんを引っ張り、私達にはついでとばかりに挨拶《あいさつ》をして伊東が彼を連れて行こうとする。そんな彼女に観念してか、暮林さんは私達を見て苦笑する。

「じゃあ、また」

彼の腕をがっちり掴《つか》んだ伊東に連れられて、暮林さんが私達から遠ざかっていく。それを見守っていた私達だが、これにはみなみさんも渋い顔になる。

「あーあー。ありゃー暮林さん、完全にロックオンされちゃってない？」

「ええ、ロックオン!?　伊東にですか!?」

「だってほら、あの伊東の嬉しそうな顔!　私達の前であんな顔したことないわよ」

そう言われてまた彼女達の方を見てみれば、みなみさんが言う通り暮林さんを見つめて満面の笑みを浮かべている伊東。確かに、彼に話しかける伊東は頬が紅潮し、普段見ることがないくらい女の顔をしている。

――うっそでしょ……

彼女の変わり身の早さに唖然とするしかなかった。

「ええー、じゃあ暮林さんってお料理とか全然ダメなんですかあ～!?」

後方から聞こえてくる伊東の甲高い声に、私のこめかみがピクリと疼《うず》く。

あれから彼女は全然暮林さんの側から離れようとせず、ちゃっかり彼の隣の席をゲットしていた。

彼女がしきりに話しかけるので、暮林さんもそれに応《こた》えるようにポツポツ言葉を返しているようだけど、私としてはなんとなく面白くない。

「じゃあ、私、今度何か作りに行っちゃおうかな」

伊東が嬉しそうに言って、上目遣いで暮林さんを見る。これには他の女性社員も黙っていなかった。

「ちょっと待って!　私の方が伊東より料理得意ですよ!」

「私もー！　和食得意です！」

はいはーい、と伊東を押しのけるように次々手を挙げる女性達。しかし伊東はめげなかった。

「みんなごめんねー、私、料理だけじゃなくて掃除も片付けも得意なの。だから暮林さん、家政婦が必要な時はいつでも私に声かけてください！　尽くしますんで！」

——な、何言ってんの、伊東！

思わず振り返った瞬間、こちらを見た暮林さんと目が合った。だけど、反射的に目を逸《そ》らしてしまう。そしてすぐに自己嫌悪。

あからさまに目を逸《そ》らすなんて感じ悪いことをしてしまった。だけど、背後から聞こえる高い声に無性に苛ついて仕方ない。

いやでも、暮林さんだって悪いと思う！　なんで今日に限って眼鏡かけてこないわけ!?　結婚式の二次会なんかで、あんな格好いい姿を晒《さら》したら、女性が近づいてくるに決まってるじゃん！

若い女の子に囲まれてる暮林さんに、イライラしてきてしまう。

それにしても伊東だよ。先日は暮林さんのことを怖いだの、何考えてるか分からないだの、散々文句言っていたくせに、何この変わりよう!?

——これまで暮林さんのこと、ちゃんと知ろうともしなかったくせに。急に掌《てのひら》返しかっ！

会話の最中だというのに、伊東に対する苛立ちがどんどん募《つの》っていく。

暮林さんの彼女でもない私が、こんな風に考えるのは筋違いだと分かっている。

でも、イライラするんだからしょうがない。

――だって、暮林さんは外見以上に内面がイケメンなんだから！

「……佐羽、何ムッとしてるの？」

「え？」

京子に声をかけられて、ハッとする。

「佐羽ったら、暮林さんを伊東に連れて行かれたのがそんなに嫌だったの？」

みなみさんにクスクス笑われ、内心慌てふためく。

「いや、でも、あの伊東のあからさまな掌返《てのひら》しがどうにも……だって、ひどくないですか？」

「まあ、確かにあれはないけどね……」

みなみさんが苦笑する。その隣で、京子は「んー」と首を傾《かし》げた。

「なんか佐羽、伊東に嫉妬してるように見えるんだよね、私」

「えっ……」

京子の指摘に、私は言葉を失った。

――嫉妬？

さっきから私の胸に広がるモヤモヤしたもの。その正体は――嫉妬だ。私、伊東達に嫉妬してる。それって……

自《おの》ずと導き出された答えに、私は額《ひたい》に手を当ててハアー、と項垂《うなだ》れた。

――私、暮林さんのこと……

こんな場面で気がつくなんて、と自分のニブさに目眩《めまい》がする。だけどそうだと分かれば、伊東達に対するこのイライラにも説明がついた。

「佐羽、どした？」

項垂《うなだ》れたまま黙り込んでいた私の顔を、みなみさんが覗《のぞ》き込んでくる。

「いえ。飲み物終わっちゃったので、ちょっとオーダーしてきますね」

二次会は会費制。食事はセルフサービスで、ドリンクは飲み放題だ。カクテルなども各自で自由にオーダーできるようになっている。

私は二人から離れて、スタッフが常駐するドリンクカウンターでレッドアイをオーダーした。若い男性スタッフがその場ですぐに作り、手渡してくれる。私はそれをぐいっと呷《あお》った。

一人になって考えるのは、暮林さんのこと。

彼への気持ちに気づいたわけだけれど、この後、私はどうしたらいいのだろう。やっぱりちゃんと気持ちを告白すべきだろうか。でも、すぐに恋愛なんてできないと言ってしまった手前、今更言い出しにくい。

だけど、今日の様子を見ていると、周囲の女性が彼を放っておかないのではないか？ という不安が胸に湧き上がる。

——もう、ほんとに、なんであんな格好してくるのよ～～!!

でもこれは、完全に八つ当たりだ。

ため息をついて顔を上げたら、いつの間にか私の隣に見知らぬ若い男性が立っていた。

たぶん私と同じくらいの年齢だろう。短髪で細身の爽《さわ》やかな顔立ちをした男性だ。

彼は私に微笑みかけながら、話しかけてきた。

「新婦のご友人ですか？」

「あ、はい。同じ会社に勤務しています」

「そうでしたか。自分は新郎の学生時代からの友人で、岡村《おかむら》といいます」

男性はスーツの胸ポケットからカードケースを取り出すと、中から名刺を引き抜き私に差し出した。なんとなく私も、手にしていた小さなバッグから名刺を取り出し、彼に差し出す。

彼の名刺には、よく知られる銀行の名前があった。

「銀行にお勤めなんですね」

「はい。ええと、小菅佐羽さん、ですか。素敵なお名前ですね」

すてきなおなまえ。

その言われ慣れない言葉に、びっくりしてしまう。

「そんなことを言われたのは、初めてです……」

素でぽかんとしている私に、岡村さんは苦笑する。

「あの、もしよかったらあちらで少しお話ししませんか？　実はさっきから小菅さんのことといいなって思ってて、お一人になられた今がチャンスかなって、声をかけさせていただいたんです」

話が思いがけない方向にスライドして、私は目を丸くする。

「え？　いいなって……」

「だからその、素敵だと思って。もしお相手がいなければ、なんですが……」

お相手、と言われた瞬間、真っ先に私の頭に浮かんだのは暮林さんだ。彼は、さっきからずっと伊東にキープされ続けてるけど。

とはいえ、さすがにこの誘いに乗ることはできない。

「ありがとうございます。でも、私、その……好きな人がいるので、ごめんなさい」

はっきり返事をして、ぺこりと頭を下げた。その瞬間、岡村さんが「えっ」という顔をして言葉に詰まった。しかし、彼はすぐ私に向き直る。

「そっか……好きな人が……じゃあ、少しだけ。ここでお話ししませんか」

「えっ」

好きな人いるって言ったのに。なんで？

私が返事に困っていると、岡村さんはにっこりと微笑んだ。

「好きな人はいるけど、お付き合いされているわけじゃないんでしょう？　それならまだ自分にも望みはあるかなと。せっかく知り合えたんです、この機会に自分のことも候補に入れてもらいたいから」

——あ。ダメだ。私この人無理かも。

ものすごく物腰柔らかな感じで喋《しゃべ》っているけど、内容はとっても自己中心的。

私は残り僅《わず》かのレッドアイを飲み干すと、グラスをカウンターに戻した。

「ごめんなさい、望みはないです。私、今その人のことしか考えられないので。失礼します」

そのまま、みなみさん達のところへ戻ろうとしたら、いきなり腕を掴《つか》まれた。

「待ってください。それじゃあ、せめてプライベートの連絡先を教えてくれませんか」

——はあっ!?　なんで、断ってるのに連絡先教えなきゃいけないのよ、そんなの無理でしょ！

ブチン、とキレそうになるのを必死に堪《こら》え、もう一度岡村さんに向き直る。

「すみません、本当に無理です。手を離してくださいませんか」

そう強めの口調で言った直後、私の腕を掴《つか》む岡村さんの手が、第三者によって剥《は》がされた。

「失礼」

低く艶《つや》のある声と微《かす》かな煙草《たばこ》の香りに、私の心臓がトクンと鳴った。見上げると、私と岡村さんの間に割り込むようにして、暮林さんが立っている。

「彼女に何か？」

そう言って穏やかに岡村さんへ問いかける暮林さん。だけど、なんだろう？　威圧感が半端ない。

岡村さんはというと、突然現れた暮林さんに眉根を寄せている。

「失礼ですが、あなたは……」

暮林さんの頭から足下までを眺めながら、岡村さんが怪訝《けげん》そうに尋ねた。

「彼女の上司です」

上司、という言葉に岡村さんの眉がピクッと反応する。

「そうですか。何か誤解があるようですが、彼女とは気が合いそうだったので、少し話をさせていただいただけですよ」

この期《ご》に及んでまだそんなことを言うか……と、ムッとする。咄嗟《とっさ》に言い返そうとすると、暮林さんが間髪《かんはつ》を容《い》れずに口を開いた。

「話をしていた、ですか……。私からは、そうは見えなかったのでね。いきなり腕を掴《つか》むのはやり過ぎでは？」

暮林さんの指摘に、岡村さんがグッと言葉に詰まる。

そんな岡村さんをチラッと見てから、暮林さんが私の手を掴《つか》んだ。

「では、失礼」

そう岡村さんに言い放って、暮林さんは私の手を引いて歩き出す。

「えっ、くれ、暮林さ……」

背後に目をやると、呆気にとられた様子で私達を見送る岡村さん。そんな彼に構わず暮林さんはスタスタと歩き、外へと続くドアを開けた。

目の前にある彼の背中を見つめながら、私の胸がドキンドキンと大きな音を立て始める。

恋心に気づいたのはついさっきのことだ。それなのに、こんなにも急激に彼に向かっていく気持ちに、自分自身で戸惑ってしまう。

それにしても、暮林さんは一体どこへ向かっているのだろうか。

二次会の会場となっているレストランはビルの一階にあり、近くには噴水やベンチがいくつか置かれた広場があった。暮林さんはその広場まで私を連れてきた。

「この辺でいいか。ちょっと座ろう」

そう言って暮林さんが空《あ》いていたベンチに腰を下ろした。私もそれに倣《なら》い、彼の隣に座った。

「……あの、なんで外に？」

「あの場にいるよりはいいかと思って。外の空気を吸った方が、気持ちも落ち着くでしょ」

そういうことか。確かに冷たい夜風が、アルコールで火照《ほて》った体に心地いい。

なんて思っていたら、未だ彼に手を握られたままだったことに気づき、私はそおっとその手を引き抜こうとする。だけど、それを阻《はば》むみたいに強く握られた。

「暮林さん。手……」

困惑気味に申し出ると、暮林さんはゆっくりと私に視線を向けた。

「……暮林さん？」

「離したくない」

真剣な表情でそう言った暮林さんに、私は固まった。

――な、なに言っちゃってるんですか～！

そんな風に、場を笑いに変えられたら、この甘い雰囲気をやり過ごすことができたかもしれない。でも、ダメだった。

彼のことが好きだと自覚してしまった今の私には、この空気を笑って無かったことにする勇気なんてない。

暮林さんは相変わらず私の手を握ったまま何も言葉を発しない。いたたまれなくなった私は、視線を彷徨《さまよ》わせて、いつもと違う彼に目を留める。

髪を上げると彼の整った顔がよく見える。この距離で見ると本当に素敵だ。

「コンタクトにすることもあるんですね。なんで普段はしないんですか？」

「面倒だから」

「ふふっ……すごく素敵なのに」

どんなに雰囲気が違っていても、受け答えはいつもの暮林さんだ。そう思ったら、つい噴き出してしまった。そんな私を見て、暮林さんの表情が綻《ほころ》んでいく。

「君にそう言ってもらえるなら、コンタクトにしてきた甲斐があった」

笑いを収めながら、暮林さんを見る。

眼鏡をかけていない暮林さんはとても素敵だ。だけど、女性達の注目を一身に集め、ちやほやされていた様子を思い出して、またもやモヤモヤが復活してくる。

「よかったですね、モテモテで」

つい責めるような口調になってしまった。

「君にモテなきゃ意味がないけどね」

しれっとそんなことを言うから、何も言えなくなるのだ。

恋心を自覚した今、彼のストレートな言葉の威力がとんでもなく増している。

「店で俺と目が合った時、小菅さんわざと逸《そ》らしたでしょ？」

「あっ、あれは……！」

伊東に嫉妬していましたとは言えるはずなく……私の顔が羞恥《しゅうち》で火照《ほて》った。

「俺のこと意識してくれてるのかなって、勝手に思ってた。嬉しかったよ」

眼鏡を取るだけであんな風に意識してもらえるなら、もっと早くこうすればよかった――そう言って、暮林さんが笑う。

私は、恥ずかしくて何も言葉にできない。ただ、彼に握られた手だけが徐々に熱を持っていく。

「……なのに、ちょっと目を離した隙に別の男に口説《くど》かれているときた」

疲れたように呟いた暮林さんは、はー、と大きなため息をついた。

「いつから見てたんですか？」

「ん？　ああ、最初から見てたよ」

――えっ！

意表を突かれて、暮林さんの顔を凝視する。

「暮林さん、ずっと伊東達と話してたじゃないですか」

「よく知ってるね」

彼の綺麗な口元が可笑《おか》しそうに歪《ゆが》む。

「……あっ」

ずっと暮林さんを目で追っていたことを自《みずか》ら暴露してしまい、堪《たま》らず顔を手で覆《おお》う。

そんな私の横で暮林さんは、ははは、と声を出して笑った。

「俺だって君のことをずっと見てたんだから、同じだよ」

「それはそうなんですけど……」

笑いを収めた暮林さんが、表情を改めて私を見つめる。

「もしかして浮気してると思った？」

「そんな、とんでもない。私は、そんなこと言える立場じゃないですし……」

「どうして。君のことを好きだと言ってる男だよ、俺は」

暮林さんの言葉は、いちいち私をドキドキさせる。好きな相手だから余計に……

顔を真っ赤にして俯《うつむ》くと、暮林さんが私の顔を覗《のぞ》き込んできた。

「好きな子のことは、ずっと見てるよ」

彼の言葉の中に、彼の気持ちがぎゅっと詰まっているように感じた。

その瞬間、私の感情のリミッターが振り切れた。

元カレとのこととか、彼が上司であること、仕事や同僚や結婚のことなど、私が次の恋愛に踏み出せなかった、いろいろなことがどうでもよくなる。

意識したばかりの感情が、彼に向かって一気に溢《あふ》れ出た。

「私も……好きです」

気づいた時には、口から気持ちが零《こぼ》れ出ていた。

「……え？」

暮林さんが驚いた様子で固まる。

「小菅さん、今、好きって言った？」

「言いました」

「それは俺と付き合ってもいい、ということ？」

「はい……」

「そうか」

と言ったきり、暮林さんは片手で顔を覆《おお》ってしまった。

――えっ、それだけ？

彼の反応をどう捉《とら》えればいいんだろう。困惑しながら暮林さんを見つめていると、私の手を握る彼の手にグッと力が入った。

「いい年をして、みっともないのを承知で言うけど……」

「……っ、はい！　なんでしょう」

「嬉しくて、顔がにやついてしょうがない」

「……は」

暮林さんの顔を見れば、確かに口元が緩《ゆる》んでいる。

「それって、笑っちゃうくらい嬉しいってことですか?」

「そう。嬉しすぎて笑いが止まらない。こんなの初めてだ」

あんなに女性慣れしていそうな様子で、ぐいぐい迫ってきていた彼が、まるで少年みたいな笑みを浮かべている。そのギャップにきゅんとしてしまった。

「よかった、です」

彼の隣で、私も笑う。笑顔の彼が、嬉しくて堪《たま》らなかった。

笑ってる暮林さんの顔がもっと見たい。

その衝動のまま彼の方へ身を乗り出し、顔を覗《のぞ》き込もうとした。

「えっ……あ……」

私の体が強い力で暮林さんへと引き寄せられる。気づくと、彼に抱き締められていた。

突然のことに私の頭は何が起こったのか理解ができない。口を開けたまま固まってしまう。

だけど煙草《たばこ》の匂いの混じる彼の香りが鼻腔《びこう》をくすぐり、ゆっくりと体から力が抜けていく。

私は自然に彼の背中に自分の手を回した。

「キスしたい」

ぼそっと耳元で囁《ささや》かれた言葉に、ビクッと震える。

二次会の会場から少し離れているとはいえ、人通りがまったくないわけではない。急に周囲が気になり出してしまう。

「え、いや、でも……あの、誰か来たら……」

「うん」

そう言って彼の体が私から離れる。それに従って私も彼の背中に回した手を離したら、その瞬間素早く彼の唇が私の唇に押し当てられた。

びっくりして声が出そうになったのと、唇が離れていったのはほぼ同時だった。目を丸くしている私に、彼が悪戯《いたずら》っぽく微笑む。

「そろそろ戻ろうか。みんな心配してるかもしれないし」

暮林さんが、おもむろに立ち上がった。

「えっ、あ……そ、そうですね……」

――何!?　今のさりげなさすぎるキスは。

いきなりのことに、私の心臓は爆発するんじゃないかというくらい、どっくんどっくん大きな音を立てている。私は自己主張を繰り返す胸を両手で押さえ込みながら、暮林さんの後について歩き出した。

会場に戻ると、みなみさんがすっとんできた。

「佐羽！　全然帰ってこないから、どっかで具合でも悪くなってるんじゃないかと思ってたわよっ……って、なんで暮林さん？」

みなみさんは私の隣にいる暮林さんを見て、不思議そうに眉をひそめる。

「すみません、ちょっと暑くて外で酔い覚まししてました。く、暮林さんとは、店の入り口で会って……ね？」

話を合わせてください、と暮林さんに目で訴える。彼は、少しも顔色を変えずに頷いた。

「外で一服して戻ったら、そこでね。それじゃあ、小菅さん、また」

そう言ってニヤッと笑った暮林さんが、男性社員のいる方へ歩いて行く。

すかさず近寄ってきた京子が、私の顔を覗《のぞ》き込んできた。

「ほんとに大丈夫？　まだ顔が赤いよ。もう、佐羽って、そんなにお酒弱かったっけー」

「いやー、空《す》きっ腹《ぱら》に一気に飲んじゃったからかなー」

あはは、と笑って誤魔化すと、二人とも納得してくれた。心配してくれる二人には大変申し訳ないけど、顔が赤いのは別の理由からだ、なんて言える訳がない。

元凶である暮林さんは、何食わぬ顔で同僚達と話をしている。

私はそんな彼をぼんやりと眺めながら、さっきのキスを思い出した。

ちゅ、とほんの一瞬、押しつけられた彼の唇は、夜風に当たっていたせいか、少しだけひんやりしていた。

――私が、暮林さんと、キス……

思い出しただけで、顔から火が出そう。だけど彼と付き合うということは、キスはもちろん、それ以上のこともするわけで。

軽く唇に触れただけのキスでこんなに恥ずかしいのに、それ以上のことなんて本当にできるのだろうか。その時、私は一体、どうなってしまうのだろう。

――溶ける、絶対溶ける！

正直、彼との恋で自分がどうなるのかが見当もつかない。だけど、暮林さんとならどうなってもいい。そう胸を張って言えるくらい、今の私は彼のことが好きだった。

それからしばらく、料理を食べながら同僚達との会話に花を咲かせていたけれど、新郎新婦の挨拶《あいさつ》が始まり二次会はお開きとなった。

だけど、このまま三次会に行くという人達もいるようだ。

暮林さんはと言えば、あの後も伊東をはじめとして、何人もの女性に声をかけられていた。だけどさっきのように囲まれたり、一人の女性とずっと話し続けたりはしていなかった。

それってもしかして、私が嫉妬したからだろうか。

なーんて考えてしまう私は、彼と両思いになれたことで大分浮かれているのかもしれない。

入り口で荷物を受け取り、帰り支度をする私達。同じく預けていた荷物を取りに来た人達に代わる代わる三次会に誘われる。だけど、今日仕事だった京子は疲労がピークに達していて、みなみさんは飼っている犬が心配だから帰るそうだ。なので、私も二人と一緒に帰ることにした。

そこでふと、暮林さんはどうするんだろうと思う。みんなと三次会に行くのかな。

混み合う周囲を見回し、彼の姿を探した。すると、ちょうどこちらに向かって歩いてくる暮林さんを見つける。

私と目が合った彼は、優しくにこりと微笑んだ。

その顔に、近くにいたみなみさんと京子が息を呑んで色めき立つ。

「うっわ、何アレ、めちゃくちゃかっこよくない……？」

「イケメンオーラ、ヤバいですねー」

そう言って驚くみなみさんに、京子が強く賛同する。そんな二人に、私も黙って頷いた。

ですよね。ほんと素敵。

「何、どうしたの。そんなじっと見て、俺の顔に何かついてる？」

近くまで来た暮林さんは、私達のリアクションの意味が分からないらしく首を傾《かし》げる。

「暮林さん！　なんで今日そんなに格好いいんですか!?　いつもコンタクトにすればいいのに！」

勢いよくそう主張するみなみさんに、暮林さんはしごく真面目な顔で首を横に振った。

「それは無理。今、一刻も早くコンタクトを外したいと思ってるから」

「えぇー、そんなー、もったいない！」

盛大に口を尖らせるみなみさんをどうどう、となだめながら、京子が暮林さんに問いかける。

「暮林さんは三次会に行かれるんですか？　私達はもう帰りますけど」

「いや、俺ももう帰るよ」

そっか、暮林さんも帰るのか。

「じゃあ、タクシー呼びましょうか。私と京子は同じ方向だから一緒に乗ってこう。佐羽と暮林さんは？」

「私は、電車で帰ります」

「俺もそうしようかな」

みなみさんが「じゃあ、タクシー一台ね～」と言いながらスマホを取り出し、横でその画面を覗《のぞ》き込む京子。私は隣に立つ暮林さんをそっと見上げた。

「暮林さんって、家はどこら辺なんですか？」

何気なく尋ねると、暮林さんが私の目をじっと見つめてきた。彼は何故か私の耳元に顔を近づけ、吐息まじりの低い声で囁《ささや》く。

「一緒に帰ろうか」

――ヒエッ……!!

熱い吐息がかかった耳がめちゃくちゃくすぐったい。

しかも囁《ささや》かれたのと同時に、彼の大きな手が私の手をぎゅっと包んだので、驚きで肩が跳ねた。

「あ、え？　あの……」

私が戸惑っているうちに、彼の手がぱっと私の手を離した。

「待ってて、新郎新婦に挨拶《あいさつ》してくるから」

「は、はい」

――び、びっくりした～～！

こんなところで、いきなり何をするんですか、と彼に文句の一つも言ってやりたい。

でも、そんなところも含めて、やっぱり私は彼が好きなんだ、としみじみ思い知る。

私は熱を持つ耳を片手で押さえ、暮林さんの背中を見つめ続けた。

みんなと一緒に、二次会のレストランを出た私達は、店の外で三次会に行く人々と別れる。その中に伊東の姿を見つけた。彼女はしきりにキョロキョロして、誰かを探してる。

——もしかして暮林さんを探している？

ここで彼女に見つかったらたぶん、いや絶対一緒に帰れないかも……

そんな不安を感じてソワソワしているうちに、三次会に行く人達が移動を始める。その間、暮林さんが店の外に姿を現すことはなかった。

——あれ、まさか先に帰った？　いやでも、さっき待っててって言ったよね？

そうこうする間にタクシーが到着し、みなみさんと京子が帰って行く。気がつくと、店の前には私だけがぽつんと残された。

——ええ、どこに行ったんですか、暮林さん!?

思わずキョロキョロしていると、背後に気配を感じた。

振り返ると、いつの間にか暮林さんが立っている。

「暮林さん！　もう、どこにいたんですか？」

「ああ、うん、ちょっとそこで一服してた」

言われてみると彼からフワッと煙草《たばこ》の匂いがする。

「そういえば、二次会の間は全然吸ってませんでしたね」

「まあ、会場内は禁煙だったしね」

そう言って暮林さんが最寄り駅に向かって歩き出した。

もしかして、ずっと煙草《たばこ》吸いたいのを我慢してたのかな……なんて考えながら、私は歩き出した暮林さんの後をついていく。

いつもスタスタ前を歩く暮林さんだけど、今日はやけに歩くペースがゆっくりだ。これはもしや、私の歩幅に合わせてくれている?

今もまだ信じられないけど、本当に私達、付き合うことになったんだなあ……

しみじみ思って、前を行く暮林さんの背中をじっと見つめる。

背の高い彼は、頭身のバランスがすごくいい。広い肩幅に長い脚。礼服なんか着てると、スタイルの良さが強調されて、ため息が出ちゃうくらい格好良かった。

その時、前を行く暮林さんが不意に立ち止まり、こちらを振り返る。

「小菅さん、この後の予定は?」

「え、特にはないです、けど」

すると一瞬の間の後、暮林さんが「じゃあ」と口を開いた。

「うちに、来ない?」

「は……ええっ」

動揺した私は声が裏返ってしまい、さらに慌てふためく羽目に。

「あっ、ごめ、ごめんなさい！　そうくるとは思ってなかったので……つい」

私の動揺ぶりに、彼が苦笑する。

「いや、こっちこそごめん。今日付き合い始めたばかりなのに、性急すぎた。ほんと俺、君に対しては余裕がなさすぎだな……」

――余裕がない？　暮林さんが？

こんな百戦錬磨《ひゃくせんれんま》みたいな人から出た言葉を意外に思った。

だけど、彼も私と同じように恋愛で不安になったりするのかもしれない。

そう思ったら、胸がじわーっと熱くなった。この人をもっと知りたい、もっと一緒にいたいと思ってしまった。

「……はい、行きます」

私が改めて返事をすると、苦笑した彼に首を振られる。

「無理しなくていいよ。今日じゃなくたって……」

「いえ、無理してないです。暮林さんの家、行ってみたいです」

正直な気持ちを伝えて、じっと暮林さんの目を見つめる。そんな私を見て口を閉じた暮林さんだったけど、しばらくして小さく笑うと私に手を差し伸べた。

「先に言っとくけど殺風景な部屋だよ」

「まったく問題ないです」

私も笑いながら彼の手に自分の手を重ねた。

暮林さんの住んでいるところは私の家と会社を挟んで反対側にあるそうだ。

彼の家には飲み物がない、というので道中にあったコンビニでお茶やお酒を買い込む。その時、こっそりお泊まりグッズも買った。とりあえずこれで何が起きても大丈夫。

案内されたのは、快速が停車する駅から徒歩五分くらいの好立地に立つ築浅のマンション。三階の角部屋で、間取りは1LDKらしい。

玄関を進みリビングの扉を開けると、本当に殺風景な部屋だった。部屋にあるのはパソコンが置かれた作業用デスクと椅子くらい。テレビも床に直《じか》置きだ。

事前に言われていたとはいえ、部屋の中央まで来た私は、あまりの物の少なさに周囲を見回してぽかん、としてしまった。

「あの、この部屋って物が増える予定ありますか」

「今のところないな」

そう言いながら暮林さんは着ていた礼服のジャケットを脱ぎ、無造作に床に放った。

——ああ、礼服をそんな雑に！

「服が皺《しわ》になっちゃいますよ。ハンガーありますか」

「クローゼットの中に。ごめん、先にコンタクトを外してきてもいいかな」

「はい」

「キッチンとか、好きに使ってもらって構わないから」

本当に限界だったのか、暮林さんが洗面所に消える。

――よっぽど苦手なんだなー、コンタクト。

彼が脱ぎ捨てたジャケットをハンガーにかける。ついでに、私もワンピースの上に羽織っていたジャケットを脱いで、床に置いた。その後、キッチンを借りて手を洗い、うがいをして部屋に戻る。

――ここが暮林さんの部屋かあ。

ぐるりと周囲を見回す。ベランダに続く大きな窓にはグレーのカーテン。その近くに、割と大きな観葉植物の鉢が置かれているのが意外だった。テレビの近くには、乱雑に積み上がった本や、仕事関係の資料らしき紙の束が無造作に置かれている。

どんな本を読むのかな、と積み上がった本を眺めていたら、洗面所から暮林さんが出てきた。眼鏡をかけている姿に、少しホッとする。どちらも暮林さんなんだけど、眼鏡をかけていない彼はイケメンすぎて、どうにも落ち着かない……

「いつもの暮林さんですね」

つい本音を漏《も》らして笑うと、彼も苦笑いする。

「眼鏡をかけていた方がいいのかな、俺」

「どっちも素敵だと思います。でも、眼鏡をかけていない暮林さんは、イケメンっぷりにパンチ力がありすぎる気がします。眼鏡をかけてちょうどいい感じになる、というか……」

「何その、イケメンっぷりのパンチ力って」

私が言ったことに対して、くっくっくと笑い出す暮林さん。でも、私がそう言うのには他にも理由があった。

「だって、眼鏡を外した暮林さんはモテモテだから。私、気が気じゃないんです」

今日だって、彼のことを怖いとか言ってた伊東が、コロッと掌《てのひら》を返したみたいにすり寄っていったのだ。その威力を暮林さんはちゃんと分かっているのだろうか。

「何言ってんの、自分だって他の男に声かけられてたじゃない。気が気じゃないのはこっちだよ」

コンビニの袋から缶ビールを取り出し、私に手渡しながら彼がため息をつく。

床に座った彼に倣《なら》い、私はビールのプルトップを開けた。

「……それにしても、本当に物が少ないんですね」

ネクタイを外しシャツのボタンを二つほど寛《くつろ》げた暮林さんは、ビールを飲みながら私の斜め前に座っている。彼の開いた胸元から漂《ただよ》う色気がヤバすぎる。

意識しないようにしても、否応《いやおう》なくドキドキしてしまう。

「数ヶ月前に引っ越してきたばかりだしね。先日やっとカーテンを買って、夜が過ごしやすくなったところだよ」

「ええ、カーテンも……。転勤先で使ってた物とか、持ってこなかったんですか？」

「引っ越しの荷物が増えるのが嫌でね。向こうで買った物はほとんど人にあげた」

「そ、そうですか……」

この人は、物にあまり執着しないのかな、と思っていたら、つい先日家電と共に消えた元カレのことを思い出してしまった。嫌だ。思い出したくなかったのに。消えろ消えろ。

必死で頭から元カレを追いやっていると、暮林さんの視線を感じた。

「未だに信じられないな……君が俺の部屋にいるとか」

視線を缶ビールに移しながら、しみじみ零《こぼ》す暮林さん。

それを聞いた私は、お言葉を返すようですが、と彼を見る。

「何を今更。最初にぐいぐい来たのは暮林さんの方じゃないですか……」

「まあ、そうなんだけどね」

暮林さんが苦笑する。

「あの時は、ここで自分の気持ちを伝えておかないと、もうチャンスはないかもしれないと思って。ちょっと焦ってたところもあったから」

「……でも、ありがとうございました」

ビールを手にしたまま、深々とお辞儀をする。そんな私をいや、と言って暮林さんが制止した。

「それはこっちの台詞《せりふ》だよ。こんな七つも年上のおじさんと付き合ってくれるなんて、感謝しかない」

「そんな……」

もしかして、私が思っている以上に暮林さん、年齢のこと気にしてるのかな。

ビールで喉を潤《うるお》しながら、チラッと彼を見る。彼は、どう考えてもおじさんには見えないし、かなりイケてると思う。缶ビールを持つ大きな手は、長い指がなんとも綺麗で、型取りして石膏像にしてオブジェとして部屋に飾りたいくらい素敵だ……って、それはちょっと怪しいか……

「前も言いましたけど、私、暮林さんのことをおじさんとは、全っ然思ってませんから……」

実際、七歳の年齢差だって気にならない。ううん、むしろ彼から滲《にじ》み出る大人の男の色気に、私、かなり参っているかもしれない。その証拠にさっきからソワソワして落ち着かない。

ちらっと横目で暮林さんを見ると、またクスッと笑われた。

「君にそう言ってもらえるのは嬉しいよ、すごくね」

暮林さんの笑顔には、破壊力がある。

眼鏡の奥の、笑うと少しだけ垂れる綺麗な目。その目にじっと見つめられた瞬間、私のお腹《なか》の奥が彼を求めて疼《うず》いてしまった。そうか……私は今、この人に欲情しているのだ。

この前までは、よく知らないので付き合えない、とか言ってたくせに、好きになったらもう彼のことが欲しいだなんて、私どれだけ強欲なんだろう。

――これじゃあ、伊東のこと言えないじゃん。

自分で自分が恥ずかしくなって、彼のことを直視できない。

「小菅さん？　どうかした」

「なんでもありません……」

照れまくっている私に気がついた暮林さんが、持っていたビールの缶を床に置いた。

「なんでもないって顔じゃないね」

暮林さんが私との距離を詰めたので、一際大きく心臓が跳ねた。

「そんなこと、ないです」

「耳、真っ赤だよ」

暮林さんがクスクス笑うので、私は咄嗟《とっさ》に両手で両耳を押さえた。片手にはビール缶が握られていたので、そのまま耳に当てた。ひんやりしてとても気持ちがいい。

「もう……初めての男性の家って緊張するんですよ。しかもその男性が好きな人なら尚更です。暮林さんは、こんなの慣れてるかもしれないですけど」

「まさか、俺だって緊張してる」

「嘘です。全然いつも通りじゃないですか」

「いつも通りじゃないから、酒の力を借りて気持ちを落ち着けようとしてる」

彼は私の持っていたビールを奪ってグッと呷《あお》り、飲み終えた缶を床にコトンと置いた。

「小菅さん、触ってもいい？」

そう言って真剣な表情で私を見る暮林さん。その強い眼差しに射すくめられ、私は彼を見たまま固まった。彼の言わんとしていることは分かる。それに対する答えも、自分の中でとっくに出ていた。

「……はい。さ……触ってください」

彼の目を見ながら、こくんと頷く。

お互いの膝が触れるくらい近づいた私達は、どちらからともなく唇を合わせた。彼の薄い唇が、私のそれにそっと触れる。

そのキスから彼の優しさが伝わるようだった。

さっきのキスの時は冷たかった唇が、今は少し熱を帯びている。触れ合った彼の体もとても熱い。そして鼻をくすぐるのは煙草《たばこ》の匂い。

——暮林さんの香りだ……

「ん……」

柔らかな唇の間から湿った舌が口腔《こうこう》に滑り込む。ビールの苦みが、口の中いっぱいに広がった。

私も舌を出し彼のそれに絡《から》めるが、徐々に前のめりになってくる彼に押され、後方に仰《の》け反《ぞ》ってしまう。この体勢はさすがに辛い。

「っ……く、くれば……」

彼の胸を両手で押して、なんとか体勢を保とうとしていたら、私の背中に彼の手が回った。と、同時に暮林さんの唇が離れ、私の左耳に移動する。彼は耳に唇を触れさせ熱く囁《ささや》いた。

「どうする、ベッド行く?」

彼の声が左半身にビリビリと響く。

「……は……」

はい、と言おうとして、私は今日の自分の格好を思い出した。服はまだいいとして、髪！　今日はわざわざ美容室でセットしてもらったから、スプレーでガチガチに固めてあって、ほどいてもきっとゴワゴワだ。せめて、髪だけは洗わせてもらいたい。

「ちょ、ちょっと待ってください！　その前に、シャワーを借りてもいいですか!?」

両手で彼を制して懇願《こんがん》すると、形のいい彼の目がまん丸くなった。

「……別に、気にしないけど」

「私は気にするんです、お願いします！」

こればかりは譲れない。とばかりに目力を発揮して暮林さんを見つめると、彼の口元が可笑《おか》しそうに緩《ゆる》んでいった。

「ふっ……分かったよ、行っておいで。タオルは洗面所の棚の中に入ってるから、好きなの使って」

「ありがとうございます！　い、行ってきます！」

こんな状況で色気のないこと言ってほんと申し訳ない、と思いつつバスルームに駆け込んだ。

物が少ない彼らしく、バスルームの中も洗面器とか、いわゆるバスルームにありそうな物は置かれておらず、シャンプーのボトルとボディソープのボトルしかない。でも、そんなところも暮林さんらしくって私は好きだ。

あんまり待たせるのも悪いので、できる限り急いで髪を洗い、体を洗ってバスルームを出た。

使ったバスタオルを体に巻き付けて髪を乾かす。その格好のまま出ようとして、ふと立ち止まる。シャワーを浴びて冷静になったからか、急にドキドキしてきた。

男性とこうなるのは初めてではない。今更、取り繕《つくろ》うこともないのだけど、なんとなく恥ずかしい。

つい、鏡で自分の姿をチェックしてしまう。

——だ、大丈夫！　……行こう。

意を決してバスルームを出た私は、足早にリビングに戻った。

「すみません、シャワーありがとうございました……」

リビングに戻った私だけど、そこに暮林さんの姿はなかった。

——あれ、いない……

慌てて部屋を見回したら、リビングの隣にある寝室の扉が開いていた。そっと中を覗《のぞ》き込むと、オレンジ色の間接照明が照らすロータイプのベッドの上に暮林さんが横になっている。彼は、白いシャツとスラックス姿のまま、額《ひたい》に腕を当てていた。

もしかして、寝てる？　待たせすぎてしまっただろうか……

「暮林さん？」

ベッドの脇に移動するけど、彼は動く気配を見せない。ベッドに乗って彼の顔を覗《のぞ》き込もうとしたその時、暮林さんに腕を掴《つか》まれた。

「え……!?」

驚く間もなく、私は横になった彼の腕の中にすっぽりと収まっていた。

「お帰り」

耳元で囁《ささや》かれて一度は落ち着いた心臓が、再びドキドキと大きな音を立て始める。

「ご、ごめんなさい……」

「いいよ。しかし随分魅惑的な格好で戻ってきたね。嬉しいけど」

片手で私の腰を抱きながら、バスタオル一枚しか身につけていない私の体を、しげしげと眺めている。改めて言われると、こんな格好で出てきてしまったことが恥ずかしくなった。

――ダ、ダメだったかな……

焦る私をよそに、暮林さんは私の頭に手を当て、まだ少し湿っている髪を優しく撫でる。

「まだ髪が濡《ぬ》れてる」

「すみません……冷たいですか？」

「いや、濡《ぬ》れ髪がセクシーだなって思って」

言いながら私の頬にかかる髪を耳にかける。そんな彼の行動に、私の胸のドキドキはさらに大きくなった。

彼が私を見つめる眼差しは、見たことがないくらい優しくて、どこか情熱的に感じる。

「なんというか、今日はえらく我慢を強《し》いられる一日だった」

私を抱き締めたまま、暮林さんがぽつりと呟く。

「我慢ですか？」

「そう。いつにも増して君が可愛いから、他の男の目に触れさせたくなくてイライラしたし、早く君を抱きたいのにお預けされるし」

そんなことをしみじみと言われる。あの場でそんなことを思ってくれていたのか。今更だけど、胸がぎゅっと掴《つか》まれたように苦しくなった。

「……シャワー浴びない方がよかったですか……？」

「どんな君でもいいよ」

彼の手が私の頬に触れる。

「ん……」

彼の長くて綺麗な指に唇を撫でられると、そのまま顎《あご》を持たれて顔を上向けられた。あ、と思っているうちに眼鏡をかけた暮林さんの顔が近づいてきて、ちゅ、と優しく唇が触れ合う。

——眼鏡、意外と当たらないものだな……

そんなことを思っていると、すぐに彼の唇が離れていく。どうしたんだろう、と思っていたら彼は眼鏡を外しベッド脇のテーブルに置いた。

「邪魔だった」

少し乱れた前髪を掻き上げながら、暮林さんが苦笑する。飾らない彼の言葉が可笑《おか》しくて、私はくすくす笑ってしまう。

暮林さんは笑う私を見ながら微笑んで、背中に手を回してくる。

「そんなに可笑《おか》しい？」

「だって。この状況でも暮林さん、いつも通りだから……」

「いつも通りに見える？」

急に暮林さんの雰囲気が変わった気がして、私は笑うのをやめた。

「み……みえ、ない……」

「バスタオル、取ってもいいかな」

そう言って彼の手がタオルの合わせ目に触れる。私が頷くと、少しずつ開かれ胸の膨らみが彼の眼前にまろび出た。

「色が白くて、柔らかそうな胸だね」

彼は、私の乳房の中心を避けて、ゆっくりと指でなぞっていく。

「んっ……」

乳輪に沿うように円を描いてから、彼の指がようやく乳首に触れる。優しく、確かめるみたいに何度か指の腹で引っ掻いた後、二本の指でキュッと摘《つ》ままれた。

「あっ！」

「綺麗な色だ。それに感度もいい。少し触れただけなのに、もう硬くなってきてる」

「や、そんな……言わないでください……」

「恥じらう小菅さんを見ると、煽《あお》られるね」

そう言いながら、再び暮林さんの唇が私の唇を塞《ふさ》いだ。さっきまでの優しいキスとは違い、今度はすぐに舌が唇を割って侵入してきた。そのまま、激しく私の口腔《こうこう》を犯していく。と、同時に、彼は大きな手で乳房を持ち上げつつ円を描くように揉《も》み始める。

「あっ……ん……っ……」

胸に触れる彼の手が心地よくて、口から自然と声が溢《あふ》れた。

彼は胸を揉《も》みつつも、時々さっきよりさらに硬く自己主張しだした乳首を優しく摘《つ》まむ。そうされる度に、体にビリッと電気みたいな快感が走り、ビクンと背中が反《そ》る。

「ここ触られるの、好き？」

尋ねられて、どう返事していいか分からず、黙ったまま何度か頷く。すると彼は、分かった、と言って指の腹で乳首を優しく転がし出した。指からダイレクトに伝わる快感で、私は目を瞑《つむ》って肩を震わせる。

「あんっ……、や……、ああっ……！」

「小菅さん」

名前を呼ばれたのと同時に彼に腕を掴《つか》まれ、頭の横あたりで縫《ぬ》い止められる。気づけば、ベッドの上で暮林さんに組み敷かれる形になっていた。すぐ目の前にある彼の顔が私を見て微笑み、長い指で頬に触れる。

「綺麗な目だね。眉の形も……ずっと、触れたいと思ってた」

言い終えると、彼は私の瞼《まぶた》に触れるだけのキスをする。

「口を開けて」

言われるがまま、素直に口を開くと、すぐに暮林さんの舌が滑り込んできた。

「んうっ……」

肉厚な舌が私の舌を絡《から》め取る。私は彼の動きに応じて必死に舌を絡《から》めた。次第に溢《あふ》れ出した唾液が、舌を絡《から》める度に、くちゅり、と卑猥《ひわい》な音を立てる。

「は、あ……ん……」

彼の激しいキスに翻弄《ほんろう》され、だんだん頭がぼんやりしてくる。

気を抜くと思考が吹っ飛びそうになって、思わず彼の手に自分の指を絡《から》めた。その手をぎゅっと握り返される。

キスをやめた暮林さんの唇が、私の頬を伝って耳に移動し、耳朶《じだ》を食《は》んだ。そこから首筋に舌を這《は》わせて鎖骨から胸へ移動する。

「もうこんなになってるね。どうしてほしい？　舐《な》める？　摘《つ》まむ？　それとも噛む？」

勃《た》ち上がった胸の先端を、指で引っ掻くように弄《いじ》りながら、わざわざ確認してくる。

「そんな、聞かないで……っ」

「なんで、君が気持ちよくならなきゃダメでしょ。じゃ、全部試《ため》してみようか」

「え、試《ため》すって……あ！」

宣言通り、彼は硬く尖った胸の先端を口に含んで嬲《なぶ》り出した。

「あっ……あ、やあっ」

ビクンと大きく背を反《そ》らして反応する私に、暮林さんの目尻が下がる。

「いい反応だね。じゃあ、今度は」

「きゃ、あんっ！」

言いながら長い指で、もう片方の先端をキュッと摘《つ》ままれた。舐《な》められるのとは違って、ピリッとした鋭い快感が走る。

「も、もう……暮林さん、私で遊ぶのやめてください……！」

ハアハアと息を荒らげ彼を睨《にら》むが、彼は微笑むだけだ。

「遊んでないよ。君がどうすれば悦《よろこ》んでくれるのか、手探りしている状態なんだ」

また先端を口に含まれ、今度は甘噛みされる。

「ひゃあ……だ、だめっ」

「どれも気持ちよさそうだね。敏感なんだ、小菅さん」

ビクビクと体を震わせる私に構わず、彼は口に含んだ先端を激しく嬲《なぶ》る。舌で舐《な》め転がしたり、時々甘噛みしたり。その度に面白いくらい感じてしまい、何度も体を震わせて快感に悶《もだ》える。

「も、やあっ……く、くればやしさんっ……」

乳首を舐《ねぶ》りつつ、彼の手がバスタオルを完全に取り去った。そのまま、全裸になった私の股間に手を滑り込ませる。いきなり敏感な場所に触れられて、腰がビクッと震えた。

「あっ……」

指が割れ目をなぞり、その奥に到達する。そこはすでに、これまでの愛撫《あいぶ》で充分に潤《うるお》っていて、触れると、くちゅ、と水気を帯びた音が聞こえてきた。

「……もう、濡《ぬ》れてるね」

そう言われてカアッと顔に熱が集中する。暮林さんにこんな恥ずかしいことを言われてしまうなんて、どんなリアクションをしていいのか分からない。

その間に、彼は繁みの奥に指を入れ、蜜を纏《まと》わせるように何度も膣壁を擦った。そうしながら、ずっと私を見つめてくる視線がこそばゆくて仕方ない。

「そんなに見ないでください……っ」

両手で目を覆《おお》い、彼の視線から逃げる。けど、彼はそんな私の行動をフッと鼻で笑った。

「そんな風に恥ずかしがると、余計に男の興奮を煽《あお》るって知ってる？」

これまでの暮林さんを知る限り、彼の口から出たとは思えないぐらい、雄《おす》っぽい囁《ささや》き。

「そ、そんなこと言わない人だと思ってました……」

正直な自分の思いが、ぽろりと口から零《こぼ》れた。すると、私の胸元に顔を埋《うず》めていた暮林さんが、「ハハッ」と声を上げて可笑《おか》しそうに笑う。

「……イメージを裏切って申し訳ない。けど、俺も普通に男なんで、この状況に興奮しないわけがない」

チュッ、と音を立てて乳首を吸い上げ、彼の頭が徐々に下がっていく。お腹《なか》の辺りを何度か舌でなぞった暮林さんは、いきなり私の脚を大きく開いた。

「えっ……！」

驚いて脚を閉じようと試《こころ》みるも、その前に彼の体が脚の間に割り入ってきて閉じることができない。

「脚、綺麗だね」

片脚を持ち上げられ、太股の内側にちゅう、と吸い付かれた。

「んんっ」

「脚も綺麗だけど、こっちも」

「え、ちょ……」

体をぐっと倒してきた暮林さんに焦る。だが、制止する間もなく、彼は私の股間に顔を埋《うず》め敏感な蕾《つぼみ》に舌を這《は》わせてきた。

「や、待って、そっちは……っあ、やあああっ……!!」

さっきまでとは比べものにならない、激しい快感が体中を駆け巡《めぐ》る。暮林さんにこんなことされていると思うと、羞恥《しゅうち》で顔が熱くなった。

「だめ、そんなこと、しないでっ……!!」

「そのお願いは聞けない」

――そんなっ!

敏感な場所に口を付けたまま喋《しゃべ》られると、それがまた刺激になる。お願いだからそこで喋《しゃべ》らないで、と言いたいけど、ジュッと音を立てて蕾《つぼみ》を吸い上げられて、言葉が出なくなった。

「んんん――っ!!」

シーツを掴《つか》み、その強い刺激に背中を反《そ》らせて悶《もだ》える。

自分でも分かってる。私の股間はすでに感じすぎてグショグショだ。それを暮林さんに見られ、あまつさえ触られていると思うと、恥ずかしくて堪《たま》らない。なのに、それがさらに私の中から蜜を溢《あふ》れさせた。

暮林さんは蕾《つぼみ》を舐《ねぶ》りながら、蜜口から溢《あふ》れる蜜を割れ目に塗り込み、そこを指でゆっくりと擦る。

確実に大きくなっている、くちゅくちゅ、という水気を帯びたいやらしい音に、気持ちよさと恥ずかしさでどうにかなってしまいそうだ。

「ここ、こんなに濡《ぬ》れてすごいな」

「はっ……もう、やあ、……」

言われなくてもそんなの分かっている。

「……舐《な》めていい？」

ぼそっと呟いたその言葉に、耳を疑う。

「え、い、いや、やめて、お願いだからっ……あっ！」

体を起こして彼を止めようとしたけどダメだった。脚をがっちり押さえつけられ、彼は躊躇《ためら》うことなく舌で蜜口を舐《な》め始めたのだ。

「――っ!!」

溢《あふ》れ出る蜜を、彼は舌で舐《な》め取っていく。こんな、恥ずかしいことをまさか暮林さんにされるなんて。だけどそう思っていても、舐《な》められる度に私の口から出るのは甘い吐息ばかりだ。

「んっ……は……」

恥ずかしいのに、すごく感じてしまう。

生理的な涙が目尻に浮かび始めた時、口元を指で軽く拭《ふ》き取った暮林さんが、ようやく上体を起こした。涙ぐむ私を見て、ちょっと微笑む。

「ごめんね。俺、今ちょっと箍《たが》が外れちゃってるかもしれない」

「やめてって言ったのにっ……、もうっ」

「小菅さんが、めちゃくちゃ可愛いから無理」

にこっと笑う暮林さんは、まだシャツとスラックス姿。でも大きく開いた胸元から彼の素肌が見えていた。綺麗に整えられていた髪も乱れて、かなり艶《つや》っぽさが増している。

途端に、この後の行為を意識してしまった。

私が考えていることが分かったかどうかは分からない。けど、同じタイミングでベッドの上に膝立ちになった暮林さんがシャツを脱ぎ捨てる。それによって目の前に現れた、無駄なく引き締まった逞《たくま》しい裸体に、胸の奥がきゅうっとときめいた。

四つん這《ば》いで近づいてきた暮林さんが、私の脚をさわさわと撫でる。

「……脚が好きなんですか？」

思わず尋ねると、彼は意表を突かれように苦笑した。

「そういうわけじゃないけど。でも、嫌いじゃない」

てことは好きなんじゃ？　と思ったけど、私を見て微笑む彼を見ていたら、そんなことはどうでもよくなった。

「小菅さん」

名を呼びながら暮林さんの顔が近づいてきて、チュッと軽いキスをされる。キスをしながら、彼の長い指が再び私の股間の中心を攻め始めた。そのうち水気を帯びた卑猥《ひわい》な音が、徐々に水分量を増す。

「ん……っ」

「指、増やそうか」

「あっ……」

彼の指がさらに一本蜜壺にくぷ、と挿入される。ゆっくり奥まで到達させると、今度は音を立てて出し入れさせ、激しく中をかき回し、同時に親指で敏感な蕾《つぼみ》を刺激した。

器用に動く彼の指によって、着実に私の快感が高まっていく。

暮林さんは体を反《そ》らせて快感から逃れようとする私の首筋にキスをしたり、軽く吸い上げたりを繰り返す。このままだと、すぐにイッてしまいそう。

「やあっ……、まって、だめ、だめ」

彼の手に自分の手を重ねて動きを止めようとした。

「どうして」

突然の制止に、解《げ》せないとばかりに彼が眉根を寄せる。

「そ、そんなにされたら、すぐイッちゃう」

「君が好きな時にイけばいい」

「でも……」

そこで、ようやく彼の手の動きが止まった。と、思いきや——

「じゃあ、一度イッとこうか？」

「え、え、ちょっと、ま……っ！」

さっきよりも出し入れする速度を速めた彼の指は、気持ちいいところを探るように膣壁を擦る。何度かそれを繰り返されると、快感が増して蜜の量がどっと増えた。

「やああ、だめ、だめっ、イッちゃう」

「いいよ、イッて」

熱い眼差しを送り続ける暮林さんの顔が目に入った。

——ああ、もうダメ、さっきから頭がぼうっとしてきて……イ、イッちゃ……

ダメだと思っても、体が言うことを聞かない。堪《こら》えきれず、私は目をぎゅっと瞑《つむ》った。

「ああああっ……！」

頭の中が真っ白になった私はビクビクと痙攣《けいれん》し、直後、がっくりと脱力する。そんな私に見せつけるみたいに、蜜壺から指を抜いた暮林さんが、蜜で濡《ぬ》れた指を舐《な》めた。

達したばかりで肩で息をしていた私は、その艶《つや》っぽい彼を見た瞬間、興奮でゾクッと体が震える。

「ちょっと待ってて」

そう言って、暮林さんがベッドから下りた。クローゼットを開けて避妊具の箱を取り出し、枕元に置く。そのまま彼は、スラックスからベルトを外し全ての服を脱ぎ捨てた。

全裸になった暮林さんが避妊具を装着し終えて戻ってくるまで、私はドキドキしながら彼の行動を目で追う。時折視界に入る、彼の股間で屹立《きつりつ》するものに関しては見て見ぬ振りをした。

「……ずっと見られてると、さすがにちょっと照れるな」

「えっ、あ？　ご、ごめんなさい」

いや、いいんだけど。と笑いながら、暮林さんが私を抱き締める。そして、膣口に彼の滾《たぎ》りが押し当てられた。

「いい？」

「はい……」

直後、彼がゆっくりと私の中に入ってきた。数回、蜜を纏《まと》わせるように浅いところを行き来した後、ぐぐっと奥まで押し込まれる。

「佐羽」

低い声で名を呼ばれた瞬間、きゅん、とお腹《なか》の奥が締まった。

「あ……はあっ……」

圧倒的な質量に、自然と私の背中が反《そ》り返る。初めてというわけでもないのに、相手が暮林さんだと思うと、緊張して体に力が入ってしまう。こんなに体を硬くしていたらきっと彼の方がキツいんじゃないだろうか、と心配になってしまったほどだ。

「……辛くない？」

私を心配する彼の優しい声に、こくんと首を縦に振った。

「大丈夫です……」

頷く私に、「じゃあ」と、彼はさらに奥まで屹立《きつりつ》を押し込んだ。熱い昂《たかぶ》りが膣壁に擦りつけられる快感に、ゾクゾクと腰が震える。

「はあっ……あん……」

「全部入ったよ」

私の脚を撫でながら、暮林さんが私の髪を掻き上げた。

お腹《なか》の奥に彼の存在を感じる。そのことにじわりと喜びが湧き上がった。

目を開くと少し頭を下げた暮林さんが恍惚《こうこつ》とした表情を浮かべているのが見えた。ちゃんと私で気持ち良くなってくれているんだろうか。

「……君の中、温かいな」

暮林さんが、熱い吐息を吐きつつ私に覆《おお》い被さってきた。そして、私の頬に手を添え、愛おしそうにキスをしてくれる。

「好きだよ」

「……私もです……」

汗ばむ彼の頬に手を添えて、自分から彼の唇にキスを返す。

何度かお互いの唇を啄《ついば》んだ後、彼はゆっくりと抽送《ちゅうそう》を始めた。奥を突かれる度に、私の口から嬌声《きょうせい》が漏《も》れる。

「あっ、あ、あぁ……んっ」

私は枕を掴《つか》んで、彼から与えられる快感に悶《もだ》える。

さっきから胸はどっくんどっくんと大きな音を立てているし、彼に触れられるところが全て性感帯になったみたいに気持ちがいい。

まさか自分がセックスでこんな風になってしまうなんて、思いもしなかった。

「佐羽、可愛い」

「んっ……」

行為の最中、彼が何度も甘い言葉を囁《ささや》いてくるから、照れくささも相まって彼の顔がまともに見られない。そんな私に気がついた暮林さんが、不思議そうに尋ねてくる。

「……ねえ、なんでこっち見ないの」

そう言いながら、彼は私の浅いところを何度も擦ってくるから堪《たま》らない。

「んっ……！　だって、さっきから、恥ずかしいことばっかりっ……」

「照れてるの？」

「……は、いっ……あっ！」

彼がいきなり私の上体を引き起こして、繋《つな》がったままぎゅっと強く抱き締められた。

「そんな可愛いこと言うと、もう離してあげられないけど。いいのかな？」

ほら、また。そうやって……と言おうとしたけど、やめた。だって、離して欲しくないから。

「はい……離さないで、くださいっ……！」

「嫌って言われても、もう離さないけどね」

私の後頭部に手を当て、暮林さんが噛みつくようなキスをする。そして座位のまま、下から激しく突き上げられた。

「はあっ……あ、あ、いやっ……」

彼からの激しい突き上げに、再び快感が高まり思考がぼやけてくる。その間も、彼は私の首筋にキスをしたり、上下に揺さぶられる胸を強く揉《も》みしだいたり、先端を吸い上げたりして、私に快感を与え続けた。

「も、だめ、イッちゃう、イッちゃ……」

息も絶《た》え絶《だ》えに喘《あえ》ぐ私に、さすがに少し息の上がった声で囁《ささや》く。

「いいよ、好きな時にイッて」

「くれ、ばやしさんもっ……」

私が彼の頭を抱いて懇願《こんがん》すると、彼は一瞬微笑んだような気がした。

「じゃあ、一緒に」

そう言った暮林さんが、私を突き上げる速度を速めた。パンパンパン、と肉のぶつかり合う間隔が短くなるにつれ、私の頭の中も白く霞《かす》んでいった。

「ああっ、あ、も……イ……っ、く――」

「はっ……！」

お腹《なか》の奥の方からせり上がってくるものが一際大きくなり、ぎゅっと目を瞑《つむ》る。次の瞬間、何かが閃光《せんこう》を放ちながら私の中で弾けた。

果てた私が彼の肩に頭を預けるのとほぼ同時に、彼も体を震わせて薄い膜越しに欲望を放出したのが分かった。

抱き合ったままベッドに横になった私達は、繋《つな》がったままだということを忘れ、何度も何度もキスを繰り返す。その後、後処理を済ませた暮林さんが、再び私のところに戻ってきた。

お互いに顔を見合わせながら、身を寄せ合う。彼の指が私の顔にかかった髪を指で払い、耳にかけてくれる。

「このまま、うちに泊まっていったら」

「……はい」

私が頷くと安心したように微笑む暮林さん。その笑顔に、またきゅん、とときめいてしまった。

「好きです」

私の口からぽろっと零《こぼ》れた言葉に、彼は少し驚いた顔をして、照れたように笑う。

「俺の方が、もっと君のこと好きだよ」

そんなことない。私だって相当、あなたのことが好きです、と言おうと思ったけど、やめた。

その代わりに、頬を撫でる彼の手を掴《つか》んで唇を押しつけ、暮林さんに微笑む。すると、再び彼が覆《おお》い被さってきた。

「まだ夜は長い。せっかくなので、もう少しお付き合いください」

変にかしこまった言い方に、プッと噴き出してしまう。暮林さんのこういうところが、本当に好き。

「……はい。でもお手柔らかにお願いします」

暮林さんの首に腕を絡《から》めて、彼の頭を自分に引き寄せる。彼は、私の頬に唇を押しつけながら「努力します」と囁《ささや》いた。

この後、私は彼の手によって何度も絶頂に導かれ、いつの間にか彼の腕の中で意識を手放していた。

「ん……」

まだぼんやりする頭のまま、目を開ける。太陽の光が差し込んでいるところを見ると、すでに朝を迎えているようだ。

昨日は土曜だったから、今日は日曜。

そのことを頭の中で確認した後、もう一度布団を巻き込んで二度寝を試《こころ》みる。だけど布団の匂いに違和感を覚えて我に返った。

そうだ、ここ暮林さんのベッドだ。

そのことを思い出して、反射的に隣を見るが、その暮林さんの姿が無い。

どこに行ったんだろう、と少し不安な気持ちで起き上がり、床に転がっているであろうバスタオルを探す。だが、床には何も落ちていない。

「……あれ？」

なんでタオルが無いの。

昨夜のことを思い出してみる。暮林さんとそういう流れになり、シャワーを浴びてタオル一枚でこの部屋に来たはず。このままじゃ、起きたくても着る物が何もない。

全裸のまま布団に包《くる》まり困っていると、不意に寝室のドアが開いた。見れば、白いバスタオルと黒いTシャツのような物を手にした暮林さん。

「おはよう。体は大丈夫？」

白いTシャツにベージュのチノパン、というラフな格好に身を包んだ暮林さんが、私の隣に腰を下ろした。

「大丈夫です、それより、えっと……タ、タオルをいただけませんか、服を脱衣所で脱いできてしまったので……」

セックスをした仲とはいえ、こういったことを聞くのはまだちょっと恥ずかしい。そのため、どこかおずおずと探るような聞き方になってしまった。

「ああ、君の服だけど洗える物は今洗ってる。洗い終わったら乾燥機に入れるから、もうちょっと待ってて」

表情を変えずさらりと言われて、目を見開いてしまう。

「え、あ、洗ったんですか!?　暮林さんが？」

予想もしていなかった返事に思わず声を上げたら、暮林さんが困惑した様子で口を開いた。

「ごめん、ブラは洗ってない。ワンピースと一緒に向こうの部屋のハンガーにかかってる」

「いえ、洗わなくていいです……」

暮林さんがブラを洗ってるところとか想像できないし。ていうかパンツを洗われたことに、かなりの衝撃を受けてる。

「で、乾くまでよかったらこれを着てて。あと、シャワー浴びたいかと思ってタオル」

そう言って、持っていた黒いTシャツとバスタオルを私に手渡してきた。広げてみると厚手の生地《きじ》で、丈も随分長い。これならお尻まですっぽり隠れそう。

「お気遣い、ありがとうございます……」

暮林さんのTシャツを着られるのは、彼女の特権のような気がして、幸せな気持ちが込み上げてくる。

——私、暮林さんの彼女になったんだなあ……

Tシャツを胸に抱いてジーンと幸せに浸《ひた》っていると、私をじっと見ていた暮林さんが笑った。

「寝起きも可愛いね。またベッドに倒したくなるな」

「えっ」

反射的に暮林さんを見ると、彼は私の頭をポン、と撫でてベッドから立ち上がる。

「まあ、我慢するけどね。向こうに食べるもの用意したから、支度ができたら来て」

口元に微《かす》かな笑みを浮かべ、暮林さんは部屋を出て行く。真っ赤になった私を一人残して。

――さりげなくそういうこと言うの、ほんとズルい……

参った、とばかりに私はベッドに倒れ込み、一人でジタバタと悶《もだ》えた。

その後、タオルを体に巻いた私は小走りでバスルームに駆け込み、シャワーを借りる。

いろいろスッキリした私がTシャツに着替えてリビングに戻ると、ちょうど暮林さんがコーヒーメーカーでコーヒーを淹《い》れているところだった。

「あの。シャワーお借りしました」

私の声に気づいた暮林さんは、コーヒーを淹《い》れる手を止めて私を見る。

「俺のTシャツも君が着ると可愛く見えるな。ワンピースみたいで似合ってる」

そう言って彼が目を細める。暮林さんの無地の黒いTシャツはかなり大きくて、私の太股の真ん中くらいまで丈があった。ほんと、これはワンピースだわ。ちなみに、私のパンツはまだ乾燥機の中に入っており、現在私はノーパンです。股間の辺りがスースーする。

「すみません。下着が乾いたらすぐお暇《いとま》しますんで」

「何か用事でもあるの？」

「そういうわけじゃないんですけど、必要最低限のものしか持ってこなかったので。それに、私がいたら、暮林さんゆっくり休めないでしょうし」

後から聞いて知ったのだが、彼は昨日の午前中、仕事で関わったイベントに参加し、その打ち上げに出た後、二次会に参加している。休日だった私に比べ、きっと疲労も溜まっているはずだ。それじゃなくても、入江課長の抜けた穴を補《おぎな》うため、多忙な毎日を送っているのだから、負担にならないよう早く帰らなきゃ。

「俺のことは気にしなくていいよ。どっちかっていうと、君のお陰で疲れが吹っ飛んだ」

それってどう解釈すればいいのだろう？　疲れが吹っ飛ぶようなことはしていない。むしろ体力を使うことをした、いや、させてしまったという自覚が、あるので……

「……い、いや、でも、休める時に、しっかり休んでくださいよ……」

私がもごもごしていたら、暮林さんがコーヒーの入ったマグカップを対面キッチンのカウンターの上に置いた。キッチンにダイニングテーブルは無いけれど、どうやらこのカウンターがテーブルの役割を果たしているらしく、パイプ椅子が置かれている。

「コーヒーにミルクは？」

「あ、いえブラックで」

「じゃあ、これ。よかったらどうぞ」

彼は、カウンターの上に載っていた茶色の紙袋の中からクロワッサンを取り出し、白い皿に載せて私の前に置いた。綺麗なひし形で、香ばしく膨らんだ生地《きじ》は、見るからにサクサクしてそう。バターの香りが、食欲をそそる。

「これ、どうしたんですか？　とってもいい香りがしてまだ温かい……もしかして、焼きたてですか……？」

暮林さんを見上げると、照れた様子で片方の口角を上げた。

「実は君が寝ている間に、早朝から営業している近所のパン屋に行ってきたんだ。うちには食べるものがないからね」

「そ、そうだったんですか。なんか……すみません。お腹空《なかす》いてたんで、嬉しいです。いただいてもいいですか？」

「もちろん、どうぞ」

いただきまーす、と言って、クロワッサンにかじりつく。想像した通り、表面はパリッパリのサックサクで、中はしっとりしている。美味！

「んんー！　美味《おい》しいです！　暮林さんは、いつも食べてるんですか？」

キッチンカウンターには椅子が一つしかないので、暮林さんはパソコンデスクの椅子に腰かけてコーヒーを飲んでいた。

「いや、俺はあまり食べないかな。ただ、女性はパンが好きかと思って」

「好きです～！　特にクロワッサンが大好きなんです！」

クロワッサンを食べる私を見ながら、彼はニコニコと頬を緩《ゆる》めている。暮林さんはなんであんなに嬉しそうなのかしら。

「あの、何か……？」

「ん？　君の好きなものが、一つ分かってよかったなと」

相変わらずニコニコしながら、コーヒーを飲む暮林さん。

「……そんなに嬉しいですか？」

「そりゃ、好きな子のことならなんだって——何、他にもいろいろ教えてくれるの？」

急に話を振られて「ええ？」と慌てる。自分のことを教えるって言われても、何を教えればいいのか。

「えっと、じゃあ、逆に私のどんなことが知りたいですか？」

そうきたか、と暮林さんが苦笑する。

「本音を言えば、すごく知りたい事柄があるわけじゃない。例えて言うなら、一緒に映画を観ていて君がどういう場面で声を出して笑い、どういう場面で涙を流したりするのか。そういったことを知っていけたらいいなと思ってる」

喋《しゃべ》り終えてコーヒーを飲む暮林さんを、マグカップを持ったまま見つめる。

「暮林さんは、恋人にはすごく甘くなる人なんですね」

「そうかな」

「そうですよ。甘々です」

甘々。と呟いた暮林さんがフッ、と笑う。

「でも好きな女性が自分に振り向いてくれたら、嬉しくて甘やかしたくなるもんだよ」

暮林さんが私を見て来い来いと手招きする。私は深く考えずに、ふらふらと彼のもとへ歩いていった。

「なんですか？」

「座って？」

そう言って、彼は自分の太股をポンポンと叩く。言われるまま、私は彼の太股に跨《また が》った。私の腰を抱いた暮林さんは、そのまま胸の谷間に顔を埋《うず》めてくる。

「く、暮林さん……」

「柔らかくて気持ちいい」

私の腰を優しく撫でながら、シャツ越しに彼の頬が乳房に押しつけられる。洗いざらしの柔らかい髪が私の顎《あご》にかかり、なんだかとてもこそばゆい。

それに、私の胸で顔をグリグリする暮林さんが可愛く見えてしまって、やたらきゅん、ときめいてしまう。

「暮林さん、可愛い」

思わず零《こぼ》れた呟きに、暮林さんの動きがピタッと止まる。そのまま彼は、私から顔を背《そむ》けてしまった。

ええ、一体どうしちゃったんだろう。

「わ、私、何か……?」

自分が何か失礼なことをやらかしてしまったのかと、恐る恐る尋ねる。けれど、暮林さんは首を横に振った。

「いや、なんか……いい年をしたおっさんが、可愛いって言われるのも……」

「そんなのいいんですよ！　私嬉しいんです。普段見られない顔を見せてくれるって、私に心を許してくれてるってことでしょう?　お付き合いするんだし、これからはもっといろいろな顔を見せてください」

私の言葉に顔を上げ、暮林さんが微笑んだ。

「……好きだよ、佐羽。俺と恋愛してくれる?」

暮林さんに初めて告白された夜のことを思い出す。あの時は、ただただ驚き困ったけれど、今ならはっきり返事をすることができる。

「……はい」

そう言って、満面の笑みを浮かべた。

「そうか」

嬉しそうに微笑んだ暮林さんの手が、いつの間にか私の太股を撫でている。しかも、徐々にTシャツの裾の中へと入ってきたので、私は慌ててその手をグッと掴《つか》んだ。

「あっ、あの……それ以上は……私、今パンツはいてな……」

「それがどうかした？」

　何か問題でも、と言いたそうな暮林さんの手は、私の抵抗などものともせず、脚の付け根に到達してしまう。彼の指先が隙間に触れた瞬間、ビクン、と大きく体が動いてしまった。

「あっ……ちょ、待ってくださいっ……」

「でもここ、もう濡《ぬ》れてるよ。ほら」

蜜口の奥にグッと指を入れられ、わざと、クチュクチュと音を立てながら中を掻き混ぜられる。さらに敏感な蕾《つぼみ》を指で引っ掻かれるから、堪《たま》らず私の体がビクビクと震えた。

「そんな、激しくしちゃダメ、で、す……！」

「気持ちいいの？　……ここ、勃《た》ってきた」

胸の先端がぴん、とシャツを押し上げていた。暮林さんはそれを指で弄《いじ》った後、Tシャツの上からぱくりと口に含む。

「あっ、だめ、んう……」

敏感になった先端を舌で舐《ねぶ》られ、乳房ごと強く吸われて激しい快感に襲われた。これだけでもイケそうなくらい気持ちがいい。

「んっ、や、だめっ……あ、ん……っ」

「……佐羽、可愛い。もっと気持ち良くなって」

「や、だ、もっ……あぁんっ……!!」

とろとろに蕩《とろ》けさせられて、結局、指と胸への刺激だけでイかされてしまった。彼の太股の上でビクビクと体を震わせた私は、彼の頭を胸に抱き締めたまま肩で息をする。

「ん、もう……こんなところでっ……」

咎《とが》めるように彼を睨《にら》むけど、暮林さんは悪びれるどころか嬉しそうにニヤッと笑った。

「じゃあ、もう一度ベッドに行く?」

この人は……と思ったけど、私もまだ、この人と一緒にいたい。

「……行きます。でも、乾燥機が止まるまでですからね?」

「分かった。……乾燥機、あと何分だったっけ」

そう言って困ったように笑う暮林さんは、おもむろに私を抱き上げた。

「わっ!　な、いきなりっ……」

「ベッドまでお連れしますよ、お姫様」

「……ひ、姫ってキャラじゃないんですが……」

申し訳なく思って縮こまると、暮林さんがブッと噴き出す。

「俺にとってはお姫様だから、問題ないよ」

そうして私は暮林さんにお姫様抱っこされたまま寝室に移動した。

彼の体を気遣って休んでくれ、なんて言ったけれど、私が彼の家を後にしたのは乾燥機が止まってから数時間後のことだった。

四

暮林さんとの交際が始まって初めて迎えた月曜日。

交際を始めたとはいえ、会社では節度あるお付き合いを心がけないといけない。まあ、暮林さんは忙しい人なので、四六時中顔を突き合わせていることはないだろう。

だけど出社した私は、なんとなく暮林さんを意識してしまう。

いつものように席に座っているだけなのに、彼の姿が視界に入るだけでドキッとする。

これではいけないと、平常心を保とうとするが――

暮林さんが私の席にやってきた瞬間、その平常心が崩れそうになる。

「お、おはようございます」

「おはよう。小菅さん、出社早々悪いね。いくつか確認してもらいたいことがあるんだけど、いいかな」

「は、はい。どれですか」

「ここなんだけど」

だけど、あなたがモテモテで不安です、なんて子供っぽい理由、さすがに伝えられない。

「何もないですよ。今の私、仕事もプライベートも充実してて、やる気に満ちてますから！」

胸のモヤモヤを感じさせないよう、笑ってみせる。そんな私に、暮林さんがちょっとだけ困った顔で笑った。

「そう？　だったらいいんだけど」

「はい」

忙しくしている暮林さんに、余計な心配をかけてはいけない。

——大丈夫。彼を信じて、私は自分のできることをしっかりやるだけだ。

「あの、何か私にお手伝い出来ることがあれば言ってくださいね。雑用とか、率先して回してもらって大丈夫ですから」

人一倍大変な彼がちょっとでも楽になるよう、申し出る。そんな私に、暮林さんはニコッと笑ってくれた。

「ありがとう。今のところ大丈夫。もし手が回らなくなったら頼むよ、頼りにしてる」

「は、はい。いつでも言ってください」

社交辞令でもなんでも、頼りにしているなんて言われたらやっぱり嬉しい。

会釈《えしゃく》して彼の横を通り抜けようとしたら、すれ違いざまいきなりハグされた。

びっくりして暮林さんを見上げると、しばらく私の顔を見つめていた彼が、ニヤッと口角を上げる。

「ごめん、ちょっと触りたくなった」

「ええ!?」

戸惑う私を見て楽しそうに笑った彼は、腕の中から私を解放した。

「仕事中に公私混同するのはよくないと分かってはいるんだけどね。朝からずっと君に触れたかったから」

「え……」

いつも通りに見えていた彼が、そんな風に思ってくれていたなんて。もしかして、彼も私と一緒で浮かれてたりするんだろうか。そう思ったら、きゅんと胸が疼《うず》いた。

同時に、彼も私と同じ気持ちなんだと実感して、さっきまでの胸のモヤモヤがすうっと消えていく。

「何かあったら遠慮なく言って。いいね？」

「分かりました。でも、本当に大丈夫です」

心からの笑顔でそう言うと、しばらく無言で私を見ていた暮林さんは、ハアーとため息をついた。

「関係はないですけど、この前の二次会から暮林さんを見る女性社員の目が変わりましたからね。彼を狙ってる人、結構いると思いますよ」

苛立つ私に怯《ひる》むことなく、伊東は好戦的に笑った。そのうえ、いきなり爆弾を落としてくる。

「ああ、そういえば暮林さんの元カノ、超美人で有名な経理の鈴木《すずき》さんらしいですよ」

「……へえ」

経理の鈴木さん。我が社では、入社後に全ての課で研修をするので、私もよく知っている。めちゃめちゃ顔の造りが整っていて、色白でスタイル抜群。美人とは彼女のことを指すともっぱらの評判。しかも性格までいいから、まさに非の打ち所がない女性だ。

そんな人が暮林さんの元カノだと知って、さすがに驚いた。

「ねえ、びっくりですよねー。すっごい美男美女カップル。次に付き合う人は、あの鈴木さんと比べられるのかーって思うと、ちょっと嫌ですねー」

伊東の言葉に悪意を感じるのは、絶対私の気のせいじゃない。でも、ここで反応してしまっては伊東の思う壺だ。私は極力ダメージを負っていない体《てい》で、伊東に向かって笑みを浮かべる。

「……で、伊東はそれを私に言ってどうしたいの」

「え？　いやいや、別に深い意味はないんですけど！　もし佐羽さんが知らないなら教えてあげようかと思って」

「はいはい、分かった。ほら、もう席に戻りなさいよ」

「はあい。お邪魔しました～」

呆れながらシッシッと伊東を追いやる。気が済んだのか、ようやく伊東が自席に戻った。

――やっと行った……何あれ、牽制《けんせい》？　美人の元カノがいるって教えて、私はふさわしくないって言いたいわけ？

冷めた緑茶を飲んで一息入れるも、伊東から得た情報が少なからず私を動揺させていた。

――暮林さんの元カノかあ……

もちろん、気にならないなんて嘘。さっきから頭の中を鈴木さんの顔がぐるぐる回っている。

あんな美人とお付き合いしてたなんて、さすがだな暮林さん。なのに、なんで次が私だったんだろう。

――いけない。これじゃあ本当に伊東の思う壺じゃない。

過去のことなんか気にしたって仕方ないし、暮林さんは私を選んでくれた。それに、私は彼が好き。それでいいじゃない。

モヤモヤを追い出して、頭を仕事モードに切り替える。そうして私は、直近に迫った婚活イベントの最終チェックに集中した。

結局、最終チェックが終わったのは、その日の夜七時過ぎだった。そろそろ帰ろうかと荷物を纏《まと》め始めたところで、出先から暮林さんが戻ってくる。私は挨拶《あいさつ》をすべく彼のもとへ行った。

「お疲れ様です、私はこれで上がります」

「小菅さんちょっと待って。メシ行かない？」

暮林さんはデスクの上を素早く片付けながら、小声で言って私を見る。私は周囲に目をやって、誰もこちらを見ていないことを確認してから、こくんと頷いた。

「はい」

「じゃ、十分後に一階のエントランスで」

暮林さんがにっこりと微笑む。

「分かりました」

と、いうわけで、急遽《きゅうきょ》暮林さんと食事に行くことになった。彼とはラーメン屋に行って以降、仕事の後に食事に行くことはなかったので、純粋に嬉しい。

一階で無事合流した私達は、何を食べようか話し合った結果、以前も行った焼き鳥屋さんに行くことにした。暖簾《のれん》をくぐって入った店内は、平日ということもありそこまで混み合っていない。

店の奥にあるテーブル席に案内され、オーダーを済ませて一息つく。早速、暮林さんが口を開いた。

「さて。昼間は、誤魔化されてしまったけれど、何か思ってることがあるなら溜め込まずに言ってごらん？」

「思ってること、ですか……」

そう言われて思い浮かべるのは、やはり元カノのこと。

自分の中では、気にしないと決めたものの、やっぱり気になっているのも確かだ。だったら聞いてみるのもいいかもしれない。

「あの、暮林さん。実は今日、暮林さんの元カノの話を聞いたのですが」

そう切り出した瞬間、暮林さんが意表を突かれた顔をした。

「何それ。そんな話、どこから聞いたの？」

「どこって……後輩から教えてもらったんですけど。……すごく綺麗な方とお付き合いされてたんですね」

「まあ、過去のことだから。もしかしてそのことを気にしてたの？」

ズバリ聞いてこられて、思わず視線を彷徨《さまよ》わせる。

「多少は……。その、本当に私が彼女でいいのかなって、思ったり……?」

「俺は君がいい」

どんなに強がっても、やっぱり不安を感じていた私に、真剣な暮林さんの言葉がズドンと刺さる。そんなこと言われたら何も言えなくなるじゃないか。

じわじわと顔に熱が集まってきて彼を直視できない。そんな私の前に、暮林さんが店員さんから受け取った飲み物と料理を置いた。

「そんなこと悩んでたのか。それだったら、俺だって君の元カレの存在がずっと気になってるよ」

そう言って暮林さんが苦笑する。

「え、そうなんですか?　なんで……」

「なんでって、君に結婚を考えさせた上、あれだけ落ち込ませた男だからね。さすがに意識はするでしょ」

「それこそ、まったく意識する必要なんてないですよ」

私の返しに、暮林さんがクスッと笑う。

「でも俺は、元カレ以上に、君に好きになってもらえるよう努力するけどね」

グレープフルーツサワーが入ったグラスを手に、私は照れてそっぽを向く。

「……っ、そ、それ反則です……」

「そう？　でも本気だよ」

照れる私に対して、涼しい顔でグラスに入ったビールを飲む暮林さん。まったくもう。こんな恥ずかしい台詞（せりふ）を平然と言っちゃうんです　暮林さんって　すごい。

だけど、彼のくれた言葉で、私の中にあったモヤモヤや不安な気持ちが見事に飛んでいったのは確かだった。

――やっぱり、この人が好き。

元カレとのことは、今は過去のこととして、ほとんど思い出さなくなっていた。こんな気持ちになれたのも、全部暮林さんのお陰だ。

「……ありがとうございます、もう、大丈夫です」

グレープフルーツサワーを飲んで暮林さんを見ると、彼はにっこり微笑んだ。

「そう、よかった」

目の前で優しく笑う私の彼に、私も笑みを浮かべる。

「ついでに会社でできなかった分、仲良くしようか？」

「んぐっ!!」

いきなり言われて、驚きのあまりグレープフルーツサワーを噴き出しそうになった。

――もう、暮林さんたら……

驚きはしたけど、やっぱり彼と一緒にいられて嬉しいし、幸せだ。

過去を忘れさせてくれた暮林さんに感謝しながら、美味《おい》しい焼き鳥に舌鼓《したつづみ》を打った。


週末の土曜日。今日は私が企画した婚活イベントの当日である。

動きやすさを重視した黒いパンツスーツに身を包んだ私は、早めに会場入りして準備を手伝った。

会場を飾りつけたり、机や椅子の搬入と設営に励《はげ》む。その後、運営担当のスタッフと音響機材のチェックや、司会者との進行の打ち合わせ、料理の確認などなど、一通りの確認作業を済ませた。

ほどなく、参加者の受付開始時間になったので、私は受付の手伝いをすべく、女性側の受付テーブルの脇に立つ。

会場には、続々とスーツや綺麗めのワンピースに身を包んだ女性がやってくる。彼女達が受付を済ませて、会場入りする姿を祈る気持ちで見送った。

同じ工業地帯にある複数の企業が主催するこのイベント。出会いを求める独身男性が思ったより多かったため、割と早い段階で定員が埋まったのだそうだ。

どうか、一人でも多くの人が幸せを掴《つか》めますように——そんな気持ちで、私はイベントの成功を願った。

暮林さんは、といえば、私が来る前にすでに会場に入っていた。かっちりスーツに身を包んだ彼は、イベントの企画運営責任者として、主催者と代わる代わる挨拶《あいさつ》したり、運営担当のスタッフに声をかけたりとめちゃくちゃ忙しそう。

私は到着後に一度挨拶《あいさつ》を交わしたけど、すぐにスタッフに呼ばれて行ってしまった。

参加者全員の受付が無事に終わり、全員が会場入りしたことを確認したところで、いよいよイベントの開始である。

プロの司会者の挨拶《あいさつ》から始まり、このイベントについての簡単な紹介を終え、参加者同士の自己アピールタイム。ベタだけど、やっぱり参加者全員と話すにはこれは外せない。

数分で相手をチェンジしての自己紹介。すっごく事務的とは思うんだけど、歓談タイム設《もう》けても自分から話しかけに行けない人もいる。それを考えたら、これはこれで重要なのだ。

自己アピールタイムを終えると、ホテルのホールを借りた会場と、そこから出られる中庭で思い思いに食事をしながらの歓談タイムとなる。

この会場に足を運んでくれた参加者がイベントを楽しめるよう、私は会場の隅に立ってその様子を見守っていた。

参加者にはいい人と巡《めぐ》り会って幸せになって欲しい。そんな願いを込めて、今回の企画を立てた。楽しそうに歓談している参加者の顔を見ていると、こちらまで嬉しくなる。

私はイベントを成功させるべく、運営スタッフと協力して、進行が滞《とどこお》ったりトラブルが起きたりしてないか、会場全体をくまなくチェックしていく。

「お疲れ様」

声をかけられて隣を見ると、すぐ横に暮林さんが来ていた。

「お疲れ様です！」

「今のところ順調そうだね。料理のチェックは」

「常にしてもらってます。私もこの後、手伝いに行きます」

「分かった、よろしく」

お互いににっこり微笑み合う。

そういえば、打ち合わせで話したのを最後に、ここ二日くらいちゃんと話していなかった。仕事ではあるけれど、こうして彼の側にいられるのがとても嬉しい。

ささやかな喜びに浸《ひた》っていると、暮林さんが私の耳元に顔を近づけた。

「打ち上げの後、家まで送るから」

急に言われてひゅっと喉が鳴った。びっくりして、暮林さんを見上げる。

「実は今日、車で来てるんだ。だから——」

一瞬、彼の目が妖《あや》しく光った……ような気がした。

「わ、分かりました」

極力、表情を変えずに返事をした時、インカムで運営からヘルプが入る。私はこれ幸いと、暮林さんに「じゃあ、行ってきます」と言ってこの場を後にした。

赤くなった顔を、俯《うつむ》きがちに隠しながら。

それからの私は、運営スタッフに交じって厨房《ちゅうぼう》から運ばれてきた料理を各テーブルにセッティングしていく。それから会場内を回って、料理の説明や、参加者にお皿を手渡していくうちに、少しずつ会場が落ち着いていった。

それぞれが思い思いの場所で、話に花を咲かせている。中には早々と二人になり、中庭のテーブルに移動している参加者もいた。

ちらほら一人でいる人を見かけたので、運営スタッフにフォローに入ってもらい、最終的に参加者全員がどこかのグループに収まってくれてホッとする。

この後の進行は、司会者と運営担当スタッフに任せて、私は人手が足りていないフロアの手伝いを続けた。こんな時は、プランナーだろうがプロデューサーだろうが、なんでもやるのがうちの会社だ。

私は、サービス係として空《あ》いた皿を回収したり、ドリンクの注文を受けたりして忙しく動き回る。その時、背後から「すみません」と、声をかけられた。

「はい、ただいま伺《うかが》います」

条件反射で笑みを浮かべて振り返る。

しかし、そこに立っていた人物を見た瞬間、私の笑顔が凍り付いた。

白いシャツに白いパンツという爽《さわ》やかな上下に、黒のジャケットを羽織った男性は、申し訳なさそうな声で、私の名前を呼んだ。

「佐羽」

「よ、洋一……？　なんで……だって、参加者名簿の中に名前はなかったのに……」

なんと、目の前にいるのは、突然出て行った元カレだった。

呆然とする私に、洋一はここに来た経緯を話し始める。

「仕事で付き合いのある人が、イベントの共催企業の社員なんだ。その人が参加する予定だったけど、急遽《きゅうきょ》行かれなくなって、俺に話が回ってきた。主催者側には特例としてOKをもらってるよ」

まったく想定していなかった相手との再会に、なかなか言葉が出てこない。

そんな私を見ながら、洋一が続けて口を開く。

「企画運営に書いてあった会社名に見覚えがあったから、もしかしてと思ってたけど……やっぱり佐羽の会社だったんだな」

洋一に会うのは一ヶ月とちょっとぶり。出て行かれた時は落ち込んで、仕事も手に付かなかった。もう一度会うことがあったら、自分がどうなるか想像もつかなかったけど、思ったより平気みたい。

私は一度深呼吸をして、スタッフとしての態度を取る。

「失礼しました。お客様、何かご用でしょうか」

洋一は私の態度に、ショックを受けたようだった。

「ちょっと話せないかな。できれば、向こうで」

そう言って、洋一は顎《あご》でホールの端を指す。

「申し訳ありません。勤務中ですので、お断りいたします」

そのまま立ち去ろうとしたら、いきなり洋一に手を掴《つか》まれた。

「いいから、ちょっと来いよ」

「え、ちょっと！」

無理矢理手を引かれて、会場の外まで連れていかれる。こんなとこ、同じ会社の人に見られたら……と周囲を気にするが、私達に気づいているスタッフはいなかった。

「で、なんですか」

会場を出たホテルの廊下で、私と洋一は向かい合う。ため息をついて問いかけると、いきなり洋一が頭を下げてきた。

「佐羽、ごめん。何も言わずに出て行って、本当に申し訳なかった」

たちまち、あの日のことが蘇《よみがえ》る。だけど、それはもう過去のこと。

「そういえば……さっき話してたのって同じ会社の男？　やけに仲良さそうに喋《しゃべ》ってたよな。もう次の男ができたわけ？　いくらなんでも早すぎないか」

さっき暮林さんと話してたところを見られていたのか。だからって、洋一にそんなこと言われる筋合いはない。

「あの人は上司みたいなものだから！　たとえそうでも、洋一にはもう関係ないよね」

キッパリはっきり言い返したら、洋一の眉がぐっと寄った。

「冷たいな。二年も付き合ったのに、そんな簡単に次の男に乗り換えるのかよ」

会場内ではイベントの真っ最中だというのに、何故、私は会場の外で元カレなんかと対峙しているのだろうか。っていうか、私はこんなことしてる場合じゃないのに。

「何？　結局文句を言うためにこんなとこまで連れて来たわけ？　悪いけど私、仕事でここに来てるから、話がそれだけならもう戻っていいかな」

洋一の言葉に苛ついた私は、思わず彼と睨《にら》み合う羽目に。その時――

「小菅さん、何かあった？」

暮林さんが足早に近づいてきた。

きっと姿の見えない私を探して、トラブルか何かだと思って来てくれたんだろう。けど、実際は非常に私的なこと。こんなことに忙しい暮林さんを巻き込んではいけない、と咄嗟《とっさ》に判断した。

「すみません、暮林さん。お客様は、もうお戻りで……」

なんでもないと言おうとしたら、何故か洋一が暮林さんに近づいていく。

「初めまして、瀬多といいます。つい最近まで、佐羽と付き合っていた者です」

あろうことか暮林さんに元カレ宣言をした洋一にギョッとする。これには暮林さんもちょっと目を丸くしていたが、すぐにいつものポーカーフェイスになって、名刺を取り出した。

「ご丁寧にどうも。このイベントの運営責任者を務めております、暮林と申します」

洋一は名刺を受け取りながら、自分よりも十センチは背の高い暮林さんを見上げて後ずさった。

「責任者……佐羽の上司、なんですよね？」

「はい」

ふうん、と言って名刺を見つめる洋一。それを見ている暮林さん。

思いがけないことになってしまい、ものすごくいたたまれない。

なんとも言えない空気の中、先に口を開いたのは洋一だった。

「上司ねえ……っていうか、付き合ってるんですよね。俺と別れたばかりだってのに、もう次の男がいるとか、正直佐羽には、がっかりですけど」

——はあ〜〜っ!?　突然消えたくせに、何勝手なこと言ってるんじゃこいつはあ〜〜!?

言いたいことだけ言って、偉そうに暮林さんを見ている洋一に、私の怒りメーターはレッドゾーン手前。対する暮林さんは、腹を立てている私をチラッと見た後、洋一に向かって綺麗に微笑んだ。

「お察しの通り、彼女とはいいお付き合いをさせてもらってます」

やっぱり、と言わんばかりに洋一が私をじろっと睨《にら》んでくる。しかしそんな洋一に、暮林さんは笑みを崩すことなく言葉を続けた。

「よかった。あなたには一度お会いしたいと思っていたんですよ」

——ええ？

暮林さん、いきなり何を言い出すの？　と私の眉が八の字になる。

同じように何のことか分からない洋一も、眉を寄せて暮林さんの意図を探ろうとしていた。

「俺に？　何故です？」

「一言、お礼が言いたくて。彼女と別れてくださって、ありがとうございました」

「……は？」

洋一がそのまま絶句する。私も暮林さんの顔を凝視してしまった。

「彼女を口説《くど》くチャンスを俺に与えてくれたことだけは、あなたに礼を言いたい。本当にありがとう」

「はあ!?」

これにカチンときたのか、洋一が暮林さんを鋭く睨《にら》みつける。だが、対する暮林さんはそんな彼をまったく意に介していない。

「何も言わずにいきなり出て行くなんて……そんなひどいこと、相手のことを考えたら普通できません。少なくとも、私は絶対しない。事実、彼女はあなたが去った後、痛々しいくらい傷ついていた」

これにはさすがの洋一も気まずそうに目を逸《そ》らす。

「どんな理由があろうとも、彼女を傷つけた男に、何かを語る資格はありません」

暮林さんがここまではっきりものを言うなんて、と衝撃を受ける。

「これからは私が彼女の側にいて、何があっても守ります。ですので、彼女のことはどうぞ忘れて、いいご縁がありますことを願っております」

彼はお客様向けの笑みを浮かべている。でも、その目は全然笑っていなかった。

丁寧ながら、有無《うむ》を言わさぬ暮林さんの言葉に、洋一は悔しそうに手を握りしめている。

「ああ、そうかよ。じゃああんたはせいぜい佐羽に捨てられないようにするんだな」

吐き捨てるように言って私達に背を向けた洋一が、なんだか以前より小さく見えて、思わず私は彼に声をかけていた。

「洋一、今までありがとう。……今度は、実家にお嫁に来てくれる人が見つかるといいね」

私の言葉に、洋一が足を止めこちらを振り返る。なんだか複雑な表情を浮かべた彼は、肩から力を抜くように小さく息を吐いた。

「あのさ……本当はただ謝りたかっただけなんだ。でも、久しぶりに見たお前は、なんだかすごく幸せそうで、とっくに俺のことなんか忘れてるんだって思ったら、悔しくて。だから、ついあんなことを……仕事、邪魔して悪かった。——じゃあな」

そう言って、今度は振り返ることなく、洋一は会場に戻っていった。

洋一が去り、人もまばらな廊下に私と暮林さんがぽつんと残された。

さすがに元カレとの醜態《しゅうたい》を見せてしまったとあって、気まずいことこの上ない。

すると暮林さんが無言のまま歩き出した。

「あの、暮林さん、申し訳ありませんでした」

会場の出口辺りに向かって歩いて行く暮林さんの後をついて歩きながら、私は彼に謝った。

「その謝罪は、何に対して？」

振り向いた暮林さんにそう問われて、私は視線を落とす。

「勤務中に持ち場から離れてしまったし、極めて私的なことで暮林さんの手を煩《わずら》わせてしまったので……本当に申し訳ありませんでした」

彼に頭を下げると、一瞬の間の後、頭上から彼の声が降ってきた。

「気になってたことは、聞けたの？」

顔を上げると、そこにはいつもと変わらぬ穏やかな表情をした暮林さん。

「……はい、聞けました。なので今とってもスッキリしてます」

「そう。なら、よかった」

謝罪ついでに、私は暮林さんに聞きたいことがあった。

「あの、もしかして暮林さん、洋一に対して結構、怒ってたりしました？」

私の質問に対して、彼はとぼけるみたいに明後日《あさって》の方向に視線を向ける。

「暮林さんがあんなこと言うなんて、びっくりしました」

すると彼は、観念した様子で口を開いた。

「……君と別れてくれたことは俺にとってラッキーだったけど、君を悲しませたことには違いない。それに関しては、正直腹が立っていたんでね、一言言ってやりたかった」

「そ、そんなに？」

「ケーキを爆食《ばくぐ》いするほどショックだったんだもんね、小菅さん」

言われてまたあの日の事を思い出し、眉を寄せる。

「……あれは、もう忘れてください……」

　あんな姿こそ、早く忘れて欲しいのに。


　その後、私は料理の片付けや余興の景品の準備やらでバタバタ走り回る。その間に、イベントは無事終了したようだ。

　この日は、数組のカップルが誕生したらしい。なんとか、出会いの場としての成果を出せてホッとすると同時に、参加者から料理が美味《おい》しかったとか、お庭が綺麗だったという感想をもらった。

　イベントを企画をした身としては、それが一番の幸せだった。

　スタッフ総出で参加者を見送り、会場の片付けと主催者への挨拶《あいさつ》を済ませ、今回のイベントに関する作業がほぼ終了した。

「みんな、お疲れ様。ちょっといいかな」

　掃除を済ませたホールの片隅で、運営スタッフを集めた暮林さんが声を上げる。

「今回の企画では、急に責任者が替わって大変だったと思いますが、本日無事にイベントを終えることができました。主催者側からも終始落ち着いた雰囲気で、良い催《もよお》しだったとお褒《ほ》めの言葉を頂戴《ちょうだい》し、定期的なイベント開催の打診を受け、その際はうちに企画運営を任せたい、と言っていただけました。これも頑張ってくれたみんなの努力の成果です。本当にお疲れ様でした」

彼が話を終えて軽く手を叩くと、この場にいるスタッフも拍手をして、お疲れ様でしたと互いに声をかけ合う。その最中、運営課の若い男性社員が「あともう一つ」と言って手を挙げた。

「この後なんですが、ささやかながら打ち上げの場を用意しています。みなさん、どうぞそちらに移動してください」

そうだった、打ち上げがあるんだった。

打ち上げ場所を聞いたらこのホテルのすぐ近くだった。準備ができた人から、会場に移動することになった。

打ち上げの会場は運営担当のスタッフが予約してくれた小料理屋。会場入りした私達は全員が揃ったところで乾杯をする。

「お疲れ様でしたー！」

乾杯を済ませ、早速店の名物だという鶏団子の入ったお鍋をみんなでいただく。

――うーん、鶏団子が柔らかくて美味《おい》しい。スープも絶品だわ。また一つ美味《おい》しいお店を知った……

美味《おい》しい料理にホクホクしていると、隣にいた一年後輩の男性社員に話しかけられた。

「そういえば小菅さんって、暮林さんと仕事するのは初めてですか？」

「ううん、入社一年目に暮林さんの下で研修したことがあるの。でも、こうして一緒に仕事をするのはそれ以来だから、随分久しぶりだよ」

「そうだったんですね。自分は今回初めてご一緒したんですけど、仕事ができる方だってのは知ってましたが、本当に暮林さんって周りをよく見てる方だなって思いました。自分、今回スケジュールを担当したんですけど、暮林さんからのアドバイスをちょっと実行してみただけで、ものすごく進行がスムーズになった気がします」

　確かに仕事面でもプライベートでも、彼は周囲をよく見ていると思う。それは私も同感だった。

「それに暮林さんて、必要以上に喋《しゃべ》らないイメージがあったんですが、最近ちょっと変わりましたよね。若いスタッフにも積極的に声をかけてくれますし、なんか、明るくなった気がします。これまでのイメージがひっくり返りましたよ」

「言われてみれば……」

　確かに以前と比べて、会社でもイベントでもスタッフに声をかけている暮林さんをよく見かけた。もちろん責任者だからということもあるだろうけど、今も両隣に座る二十代の若いスタッフ達と打ち解けて話している感じがした。

『暮林にみんなを引っ張っていって欲しい』と言った、入江課長の言葉を思い出し、ついい自分のことみたいに嬉しくなってしまう。

そんなこんなで、楽しい打ち上げの時間もお開きになり、一人二人とスタッフが店を去って行く。そうして店に残ったのは、私と暮林さんと、彼とずっと話をしていた若い男性社員の二人。

「さーて、帰りますか。暮林さんタクシー呼びますか」

男性社員が暮林さんに尋ねる。

「いや、今日は俺、自分の車で来てるから」

ジャケットを腕にかけて立ち上がった暮林さんが、車の鍵を見せた。それを確認した男性社員が、今度は私の方を見る。

「じゃあ、小菅さんはタクシーどうします？」

この後は暮林さんと一緒に帰る予定だけど、この場をどう誤魔化そうかな。

「小菅さんは俺が送ってくから」

答えを考えている間に、暮林さんがそう返事をした。

驚いた私は、暮林さんを振り返る。言われた男性もまた、驚いた様子で暮林さんを見ていた。

「暮林さん、小菅さんと一緒に帰るんですか……えっ、あれ、もしかして二人って……」

「付き合ってるよ」

なんの含みもなく、暮林さんがさらりと私達の関係を暴露した。その途端、男性社員二人の視線が私に突き刺さる。

「ええ!?　小菅さんマジ!?」

反射的に頷くと、今度はもう一人の男性社員が暮林さんに矢継《やつ》ぎ早《ばや》に質問する。

「全然気づきませんでした!!　えー、いつからですか!?」

「割と最近」

「ど、どっちが告《こく》ったんですか!?」

「俺」

平然と答える暮林さんに、男性社員は両手を頬に当てて驚きのポーズ。

「ええ――!!　暮林さん小菅さんのこと好きだったんですか!?」

「じゃなきゃ告白しないよ」

「でっ……ですよね、失礼しました」

盛り上がる二人に対し眉一つ動かさない暮林さんを見たまま、私は顔を真っ赤にして立ち尽くす。質問終わり？　とばかりに薄く笑みを浮かべて歩き出した暮林さんは、私を見て目尻を下げる。

「小菅さん、帰ろうか」

「あ、は、はい」

「それじゃあ、お疲れ様でした」

男性社員達に軽く手を上げる暮林さんに続き、私も頭を下げて挨拶《あいさつ》する。満面の笑みを浮かべた二人は、手を振って私達を見送ってくれた。めちゃくちゃ恥ずかしい。

店を出て、彼が車を停めているという駐車場まで並んで歩く。

「く、暮林さん。今更ですけど、言っちゃってよかったんですか？　私達のこと……」

前を行く暮林さんにおずおず尋ねると、彼が立ち止まって私を見る。

「まだ言わない方がよかった？」

「いえ、私は問題ないんですけど、暮林さんの方が何かと……その」

「俺も、まったく問題ないよ」

きっぱり言って、暮林さんは再び歩き出す。私は小走りで彼の隣に並んだ。

正直、暮林さんの口からはっきり付き合っていると言ってもらえて嬉しかった。

もし一人だったら、嬉しさのあまり確実に「ふふふ」と声を出して笑っていただろう。

でも今は、横に暮林さんがいるので我慢する。

「……さっき、嬉しかったです。私と、付き合ってるって言ってくれて」

横を歩く暮林さんを見上げると、彼はチラッとこっちを見た後、うん、と頷く。

「そろそろいいかと」

「……言うタイミングを計ってたんですか？」

「そりゃ、付き合い出して即、周りにバラしたんじゃ、まるで君に逃げられないように外堀を埋めてるみたいじゃない？　そんな風に思われるのは本意じゃなかったからね」

「ええー、私、そんなこと思ったりしませんよ？　考えすぎです」

するると、何が可笑《おか》しかったのか、暮林さんが「ははっ」と声を出して笑う。

「三十代も半ばになると、いろいろ慎重になるものなんだよ」

「そういうものですかね」

「こう見えて結構ビビりだからね、俺は」

暮林さんがビビり。真面目な顔で言われるのが可笑《おか》しくて、私も肩を震わせて笑ってしまった。

「でも、そんな暮林さんもいいと思います。なんていうかすごく人間くさくて」

「だから、早く周囲に君と俺が付き合っていることを知らせて、君を横からかっ攫《さら》われないようにしたかった」

「……本当ですか、それ」

「うん」

暮林さんが独占欲も露《あら》わに、こんなことを言ってくるので、私の胸が痛いくらいにきゅんきゅん締め付けられる。

無性に彼に触れたくなった私は、そっと隣にいる暮林さんの手に自分の指を絡《から》めた。

「お」

私からの行動に暮林さんは少し驚いたようだったけど、すぐに私の手を強く握り返してくれた。

それからコインパーキングに停めてあった暮林さんの車に乗り込む。思えば、暮林さんとの初ドライブだ。彼の車はドイツ製の左ハンドル。初めての右側の助手席に、少しだけ緊張した。

「この後……」

暮林さんが滑《なめ》らかにハンドルを操作しながら、ぽつりと呟く。

「はい？」

「俺のマンションでいい？」

「あ……はい、そうですね……」

答えながら、急に胸がドキドキと激しい鼓動を打ち始める。

でも、前回に引き続き、今日もお泊まりセットを何も用意していない。かといってまたコンビニでいろいろ買い込むのもなあ。

「ただ、その……お泊まりする準備が何も……」

問題を口にしたら、暮林さんが「あー」と、声を漏《も》らした。

「確かに。うちには何もないからな」

最低限の荷物だけでも彼の家に置かせてもらおうかな、なんて考えていた私に、ふといい案が浮かんだ。

「そうだ、じゃあ、今日はうちに来ませんか？」

運転しながら、チラッと私の顔を見る暮林さん。

「……いいの？」

「もちろんですよ。歯ブラシの予備はありますし、近くにコインパーキングもあるので、もしよければですけど……」

「君がいいのなら、ぜひ」

そうとなれば、と助手席でナビを操作して、私のマンションへ向かうルートを入力した。

急遽《きゅうきょ》、我が家に彼をお迎えすることになったわけだけど、自分で提案しておきながら家の中の様子が急に心配になってきた。まずは掃除、それと洗濯物を片付けて……と、やることを頭の中でリストアップしていたら、あっという間にマンションの近くまで来てしまった。暮林さんはナビがルート案内を終えた辺りに車を停める。

「ここでいい？」

「はい。あの、できれば部屋を軽く掃除したいので、先に行っていいですか。私の部屋は四階の、エレベーターを出て右奥の角部屋です」

「分かった」

一足先に部屋に入り、軽く片付けて、買い置きしてあった歯ブラシをタオルと一緒に洗面台に用意する。

そんなこんなしているうちに、部屋のインターホンが鳴った。玄関に飛んでいってドアを開ける。

「お待たせしました、どうぞ！」

「お邪魔します。これ、ついでに買ってきた」

「ありがとうございます……ビールですか？」

缶ビールが入ったコンビニの袋を私に手渡しながら、暮林さんが玄関のドアを閉める。

「下着とか髭剃《ひげそ》りとか買いに行ったんで、そのついでにね」

そうか。暮林さんは車だったから打ち上げで飲んでいないんだ。

「へえ、ここが佐羽の部屋か」

部屋に入ってきた暮林さんは、興味深そうに室内を見回す。

私の部屋は暮林さんのマンションに比べれば少々狭いが、これまで洋一と問題なく住めていた程度には広さがある。一応寝室とリビングは別れているし、風呂とトイレだって別々だ。ただ、暮林さんのマンションに比べたら大分古いけど。

「すみません、うち、結構物が多いでしょう？　さっき軽く片付けたんですけど」

「いや、片付いてるよ。それに、自分で言うのもなんだけど、俺の部屋は物がなさすぎるから」

「それは、確かに。あ、どこでも好きなところに座って、寛《くつろ》いでください」

彼のジャケットを預かり、それをハンガーにかけてクローゼットにしまう。

私も脱いだジャケットを片付けて、キッチンでビールのつまみになるものはないか、冷蔵庫をあさり始める。

暮林さんは私が立っているキッチンのすぐ近くにあるダイニングチェアに腰を下ろし、ネクタイを外し、シャツのボタンを二つほど開けた。なんとなく見ていたその仕草がいちいち様《さま》になっていて、すごく格好いい。我に返った途端、なんとなく目のやり場に困って、私は暮林さんから目を逸《そ》らした。

「あの……それらしい買い置きがなくて、おつまみ柿の種とかでもいいですか？」

暮林さんに背を向けて、キッチンの上にある棚を開けてお菓子を取ろうと背伸びをする。その時、後ろからスッと手が伸びてきて、お菓子の入った袋を取ってくれた。

「これ？」

「あ、はい、ありがとうございます」

取ってもらったお菓子を渡してくれるのかと思いきや、暮林さんはそれをキッチン台に置いた。あれ？　と思って彼を見上げる。

「つまみは後でいいよ、佐羽」

それが何を意味するのか、彼の目を見た瞬間すぐに分かった。

「……あの……」

緊張する私を見て、暮林さんが微笑みながら私の腰に手を回す。

「いい？」

眼鏡の奥の綺麗な目にじっと見つめられると、それだけで体が熱くなってきた。

でもちょっと待って、私今日はずっとバタバタしてて結構汗をかいている。さすがに、こんな体を好きな人の前に差し出すわけにはいかない！

「あっ、ちょ、ちょっと待ってください！　私、今日は走り回って汗かいたんで」

慌てて背中を反《そ》らして彼から距離を取る。すると、暮林さんが首を傾《かし》げた。

「ああ、そういえば俺も汗かいたな」

「なので、せめてシャワーを……」

待ってくれそうな流れになったので、彼の胸を押して離れようとする。だけど、腰にある暮林さんの手に力が入り強く引き寄せられた。

「お互い様だし、どうせこの後汗かくでしょ」

「ええっ、そ……」

そんな、と言おうとした口を、暮林さんに塞《ふさ》がれる。

有無《うむ》を言わせない、ちょっと強引な彼の行動に戸惑った。けれど、いつものギャップが大きすぎてドキドキする。

「ん、ふ……」

絡《から》め取られた舌を軽く吸われ、彼の舌が歯列をなぞる。荒々しいキスの間、腰から上に移動した彼の手に、素早くブラのホックを外された。

「んっ！」

急に胸の締め付けがなくなり、驚いて目を開く。すると、間近で暮林さんと目が合った。彼は、「こっちに集中して」と言わんばかりに顎《あご》を掴《つか》み、さらにキスを深めてくる。

「ふ、あっ……」

甘いキスの連続に、お腹《なか》の奥がきゅんきゅん疼《うず》く。さっきまで汗のことが気になっていたくせに、今はもうそんなことどうだっていいと思えてくるから不思議だ。

長いキスを終え、暮林さんが唇を離す。だけど私の体を愛おしそうにぎゅっと強く抱き締め、頬から耳、耳の後ろへと続けざまにキスをしていく。それが、とてもくすぐったい。

「あ、の。暮林さん……」

「うん？」

返事をしながら、彼の手は私のシャツのボタンを外し始める。器用な手は、あっという間に全てのボタンを外し、キャミソールを捲《まく》り上げた。すでにブラジャーを外されていたせいで、二つの乳房が彼の前にポロンと露出する。彼はそれを両手で優しく包み込み揉《も》みしだき始めた。

「あの……」

「何?」

「……ここで、するんですか……?」

彼が乳房に顔を寄せ、先端に舌を這《は》わせる。ざりっとした舌の感触から伝わる甘い痺《しび》れに、私の腰がビクッと揺れた。

「俺はどこでもいいけど。違う場所の方がいい?」

「……できれば、ベッドで……」

「分かった」

彼がチュッと音を立てて乳首を吸った後、私達は寝室に移動した。だが、ベッドに座るや否《いな》や、彼が覆《おお》い被さってきて、あっという間に組み敷かれてしまう。

なんだ、この早業《はやわざ》は!?

「く、暮林さん、めっちゃ速いですよ!」

「ここんとこ忙しくてなかなか君に触れられなかったんでね。そろそろ我慢が限界。それに昼間、君の元カレと遭遇して、嫉妬させられたからってのもあるかな」

かろうじて肩に引っかかっていたブラやキャミソールを脱がされながら、今頃になっ

私の口から出たうめき声に、暮林さんが怪訝《けげん》そうな顔をする。

「う、嬉しいです……」

すると暮林さんがホッとしたように頬を緩《ゆる》めた。

「よかった」

掴《つか》まれていた手に彼の指が絡《から》み、ぎゅっと強く握られる。

――もっと、もっと彼に触れたい。抱き締められたい。

「抱いてください」

私は素直に自分の願望を口にする。暮林さんは少し驚いたみたいに目を見張ったけど、すぐに強く抱き締めてくれた。

「言われなくても」

低い声で囁《ささや》かれ、彼の長い指が私の体を撫で始める。私も彼のシャツの隙間から手を入れて、直接素肌に触れた。

――好き……、大好き。

私は、彼から与えられる快感と幸福感に身も心も溺《おぼ》れていく。そして、疲れ切って眠ってしまうまで、私達はお互いの体を心ゆくまで貪《むさぼ》り合ったのだった。

五

週明けの月曜日。

私は昼休みを利用して、みなみさんと京子に暮林さんと付き合い出したことを報告した。

イベントの打ち上げで暮林さんが男性社員に交際を宣言してしまったし、第三者から耳に入るよりはと思ったので。だけど、私の予想に反して彼女達の反応はいたって落ち着いていた。

「やっぱなー。結婚式の二次会の時、暮林さん伊東を放置して佐羽のところ行ったの見ちゃったんだよね。それでもしかして……って思ってたんだけど、そっかー、佐羽とねえ……」

会社から近いカフェでランチをとりながら、みなみさんが椅子に背を預ける。

「……もしかして、京子も気づいてた？」

みなみさんの横でニコニコしながら話を聞いている京子の反応を窺《うかが》う。

「うーん、ちょっとだけ？　最近佐羽、暮林さんとよく話してたし……っていうか、暮林さんが自分から話しに行く女性社員って佐羽くらいじゃない？　だからもしかしてーって思ってた。でもびっくりしたよ」

意外とみんな、暮林さんのこと見てるのね、と少し驚いた。

そこで突然、みなみさんが両手で頭を抱えて項垂《うなだ》れた。

「あー!!　これできっと次の結婚は佐羽と暮林さんだよ！　いいなあー私も結婚を考えられる彼氏が欲しい！」

「あれ？　みなみさん、彼氏いるって言ってませんでしたっけ？」

ちなみに、みなみさんは実に恋多き女性だ。

私の知る限り、彼氏が二ヶ月以上途切れたことがない。

「何言ってんの、先月頭に別れたって、飲みに行った時に話したじゃない」

顔を上げたみなみさんにそう言われて、私は自分の記憶を探ってみる。

「あー、そうでした……」

そうだった、付き合ってた彼氏がキャバクラ嬢と浮気したって、くだを巻いてたっけ。

あの夜は、私も京子も荒れる彼女をなだめるのに苦労したんだよね……

「みなみさんの恋バナ、数が多いんだもん。私だって忘れてたよ」

クスクスと京子も笑う。京子も一年くらい前に彼氏と別れて以来フリーだ。だけど彼女は今、一人でいることが楽だと言って、特に恋活をしていない。

暮林さんと結婚か……

やけに具体的にイメージができてしまい、なんだか頬が熱くなってきた。

「やだ、想像したらドキドキしてきちゃった」

「結婚について、暮林さんは何か言ってるの？」

京子に聞かれて、私はこの前の夜のことを思い出す。私は、きっとさらに赤くなっているだろう顔を隠すため俯《うつむ》いた。

「……う、うん。したいって、言ってくれて……」

最後は、大分声が小さくなってしまったが、しっかりと聞き取った二人は、ほーらねー!!　と言って笑いながら顔を見合わせている。

「暮林さん、今、三十五歳だっけ。年齢的にもちょうどいいし、きっと彼の中ですでに結婚式のプランが進んでるんじゃない？　なんてったってやり手プロデューサー様だから」

「いや、さすがに結婚式のプランまでは、提案されてませんから……」

こんなことを言って笑い合う私達。

とりあえず二人に暮林さんのことを話して、ホッとする。だけど私は、ある人物のことをすっかり忘れていたのだった。

ランチの後、パウダールームで化粧直しをしていたら、ポーチを手にした伊東が近づいてきた。

「さーわさん。お付き合いのこと、聞いちゃった」

――ああーっ！　そうだった、伊東のことすっかり忘れてたー!!

暮林さんに猛烈アピールをしていた伊東だが、このところ私はイベント準備で忙しく、暮林さんも社外に出ることが多くて接点がなかった。

平静を装《よそお》う私の横で、伊東がメイク直しを始める。

「今日、ランチミーティングだったんですけど、そこで暮林さんが佐羽さんと交際宣言したって聞いちゃいましたよ。やっぱり付き合ってたんじゃないですかー」

ぷー、と頬を膨らませた伊東が、私を睨《にら》んでくる。

「ご、ごめ……あの時は、まだ付き合い始めたばっかりだったし、周りには言えなかったのよ」

私の説明を聞き、「ふーん」、と目を細める伊東。

「まあ、いいですけどね。だって暮林さん、二次会の時はチョーかっこよかったのに、会社ではすっかり元通りじゃないですか。それに、私がどんなにアプローチしても全然こっち見てくれないし。女としての自信を失いかけましたよ。でも、彼女がいるなら、なびかないのも当然ですね」

そう言って、肩を竦《すく》める伊東に面食らった。

――本当に、この子何考えてるかよく分からないわ……

コーラルピンクのリップを塗りながら、「あ、そうだ」と、伊東が私に向き直った。

「そうそう、佐羽さんに教えてあげなきゃ、って思ってたことがあったんですよ！」

「……なに？」

暮林さんの元カノについて聞かされた時のことを思い出し、何を言われるのかと身構える。そんな私を見て、伊東の口角がニヤッと上がった気がした。

「暮林さん、異動するかもしれないんですって」

それを聞いた瞬間、リップを塗ろうとした私の手が止まる。

「え、異動？　暮林さんが？」

「はい」

聞き返す私に、にっこり微笑んだ伊東が大きく頷いた。

「この前、部長と暮林さんが話しているのを聞いちゃったんです。なんかー、『向こうはお前に戻ってきて欲しがってる』とか、部長が言ってて。だから暮林さん、また関西に行っちゃうのかなーっ、て」

「……それ、ほんとなの？　誰かと間違えてない？」

だって暮林さんは、数ヶ月前に関西支社からこっちに戻ってきたばかりだ。それなのに、また異動するなんてことあるの？

伊東がいるのも忘れて、つい表情が曇ってしまう。

「だってその場にいたの、暮林さんと部長だけでしたもん。間違いないですよ。もし暮林さんが関西に行くことになったら、佐羽さんはどうするんですか？」

「どうするって……」

急にそんなことを聞かれて、私は混乱したまま伊東を見る。

「決まってるじゃないですか、暮林さんとお付き合いを続けるか、別れるかってことですよ。続ける場合は遠距離恋愛か、仕事を辞めて一緒に関西に行くか、ですよねー」

「え……」

「私は遠距離恋愛って無理だな。会いたい時に、好きな人と会えないと気持ちが冷めちゃう。まあ、関西に行くにしても行かないにしても、頑張ってくださいね？　私、二人のこと応援してますからぁ」

そう言って、満面の笑みを浮かべる伊東を怖く感じる。この子、絶対私のこと嫌いだよね？

「……あ、ありがとう……」

綺麗にリップを塗ってパウダールームを出ていく伊東を見送り、大きなため息をつく。

天然を装《よそお》う小悪魔……いや、悪魔な伊東によって、またも私は、知りたくない情報を耳に入れられてしまったのだった。

それから席に戻って仕事を始めるけど、さっきの伊東の言葉が頭から離れない。

――部長と話をしていたということは、まだ決定ではない……と思いたい。ここはやっぱり、本人に聞くのが一番確実で、手っ取り早いよね。

というわけで、休憩時間を見計らって今日はたまたま社にいた暮林さんに声をかけた。

「暮林さん、ちょっといいですか」

椅子に座ったままくるりとこちらを振り返った暮林さん。

「何？」

「ちょっと折り入ってご相談したいことがあるので、少しお時間をいただいてもいいですか？」

しばらく私をじっと見ていた暮林さんが、分かった、と言って笑う。

「この後予定があるから、それが終わってからでもいいかな？」

「はい」

「時間はまた後でメールします」

「分かりました」

彼の笑顔に少しだけ気持ちが和《やわ》らぐ。だけど、胸の中のモヤモヤは消えてはくれなかった。

ほぼ定時で仕事を終えた私は、うちの会社が入るオフィスビルの一階にあるカフェで暮林さんを待っていた。ラテを片手にスマホで電子書籍を読んでいると、一時間ほどして彼から【今から行く】と、メッセージが送られてきた。私は、残っていたラテを飲んで店を出た。

――そういえば、付き合い始めてから、こうやって待ち合わせて一緒に帰るの初めてだ。

入江課長が不在のままなので相変わらず暮林さんは忙しい。

ゆえに彼と一日中会えない日もある。これまで以上に彼に惹かれている私は、今ですら、ほんの一日会えないだけで寂しさを感じているのに、彼が異動になってしまったらどうなってしまうんだろう。

彼に会える嬉しさの中に、一抹の不安がつきまとう。

そんな中、ビジネスバッグを手にした暮林さんが足早に近づいてきた。

「ごめん、待たせたね」

「いえ、大丈夫です。お仕事、お疲れ様です」

「佐羽、食事まだだよね」

「はい」

少し先を歩く彼の斜め後ろをついて歩く。

「何か食べたいものある？　これまでは、俺の趣味に付き合わせちゃったから、今日は君が食べたいものにしよう」

「私の食べたいものですか。そうですねー、うーん……」

――あ、一つ閃《ひらめ》いた。

「ここから二駅先に、美味《おい》しいイタリアンがあるんです。そこでもいいですか？」

「いいよ」

あっさりＯＫをもらえた。

「じゃあ席に空《あ》きがあるか確認してみます」

早速、店に電話して空《あ》きがあるのを確認し、予約を入れた。

「空《あ》いてたので、予約を入れました」

「ありがとう、なんていう店？」

暮林さんが私のスマホを覗《のぞ》き込んできたので、お店のホームページを見せる。

「前に、京子とみなみさんと行ったんですけど、料理が美味《おい》しいのはもちろんなんですが、接客が素晴らしかったんです。それに、店内はすごくセンスがよくてお洒落《しゃれ》なんですよ。次に社員の結婚式の二次会をやるんなら、ここがいいね……なんて、みんなで話したりして」

私が夢中で話をしている間、何故か暮林さんは私のスマホ画面を見たまま固まって

「はい、ここです。この外観が素敵ですよね～。どうやら系列の店がいくつかあるみたいなんですけど、この店が一号店らしいんです。先代ご夫婦が始めたそうで……」

「詳しいね」

再び車を発進させた暮林さんは、空《あ》きが数台ある店の専用駐車場に車を停める。

「とても気に入ったので、ちょっと調べてみたんです。私だけじゃなくて、みなみさんや京子もすごく気に入っていて、定期的にここで女子会をしようって話してたくらいなんです……」

話しながらシートベルトを外していたら、暮林さんの視線を感じた。

「暮林さん？」

「それは、ありがとう」

「え？」

なんで暮林さんがお礼を？

首を傾《かし》げる私に構わず、暮林さんが行こうか、と言って先に車を降りる。そのまま助手席に回ってきた彼の差し出す手を取り、レストランに続く石畳を一緒に上《のぼ》った。

店の中に入り、真っ先に対応してくれた若い男性スタッフの顔が、暮林さんを見て笑顔になる。

「さっき小菅の名前で予約入れたんだけど、いつもの場所って空《あ》いてるかな？」

「はい、どうぞ」

そうして私達が通された席は、中庭の一番よく見える窓側の特等席だった。

「もしかしてここ、暮林さんの行きつけだったりします？」

「うん、実は顔が利くんだ」

「そうだったんですか……！」

なんだ、そうだったんだ。だったら言ってくれればいいのに……と思ったけど、まあ暮林さんだしね。仕事でお世話になったことがあるとか、そういったお店だろうか。

「料理は何か食べたいものある？　おすすめのコースでいい？」

「はい、もちろんです」

なんて、至れり尽くせり。と思っていたら、なんと彼が選んだのはこの店で一番値段が張るコースだったので、ええっ!?　と驚いてしまった。

まず運ばれてきたアンティパストミスト、いわゆる前菜の盛り合わせだ。白いお皿に、少しずつ料理が盛られていて、見た目も美しい。もちろん味も抜群だった。

次はプリモ・ピアット――前菜と主菜の間に出る一皿で、渡り蟹のトマトソースパスタだ。これがまた絶品で、あまりの美味《おい》しさにウットリしたまま、主菜であるセコンド・ピアットの牛肉料理をいただく。

このお肉が、信じられないくらい柔らかくて、肉の味はもちろんのこと、かかっているソースも言葉では表現できないくらい美味《おい》しい。なんとも味わい深い、素晴らしい一皿だった。

「暮林さん、本当にどの料理も美味《おい》しいですね！」

全ての料理を食べ終えて、締めはカフェ・ドルチェ。コーヒーを飲む暮林さんは、ドルチェのティラミスを食べる私を微笑んで見つめている。

「喜んでもらえてよかった。実はせっかくだし、この店で君に会わせたい人がいるんだよね」

「私に？　ど、どなたですか？」

驚いて暮林さんを見つめる。この店で紹介したい人って、支配人？　それともシェフだろうか？

そんなことを考えているうちに、彼は先ほど対応してくれたスタッフに向かって手を挙げた。

「支配人は今、手が空《あ》いてるかな」

「少々お待ちください、確認してまいります」

そう言って、スタッフが店の奥へ消えていく。

ああやっぱり。さすが暮林さん、支配人とお知り合いなのか。

しばらくすると店の奥から、スッキリとした纏《まと》め髪に黒のパンツスーツを着た女性が出てきた。私達のテーブルに向かってくるということは、あの女性がこの店の支配人ということだろうか？

だけど、女性の顔立ちに、ものすごく見覚えがあるような気がしてならない。

「え、え、くれ、暮林さん、あの方って……」

女性と暮林さんを交互に見て、私があわわしている間に、その女性が笑顔で私達のテーブルにやってきた。

「佐羽、紹介する。こちら……」

「はじめまして、本日はようこそお越しくださいました。この店の支配人を務めております、暮林由美《ゆみ》、と申します」

暮林さんの言葉を遮《さえぎ》るように女性が名乗った苗字に、ハッとする。

――暮林!?

ということは、もしかしてこの方は、暮林さんのお姉様……？

疑問に思っていると、その女性は私を見てにっこりと微笑んだ。

「優弥の姉です。いつも優弥がお世話になっております」

――やっぱり、お姉様だ！

私は反射的に立ち上がり、慌てて一礼する。

「は、はじめまして、小菅佐羽と申します。優弥さんには日頃大変お世話になっております……」

「こちらこそ、弟が面倒かけてないといいけど。佐羽さんの話は優弥から聞いています。一度、お会いしてみたいと思っていたんです。本日の料理は如何《いかが》でしたか？」

「どれも、とても美味《おい》しくいただきました。本当に最高でした！　来る度に、このお店が好きになります」

私の言葉に、暮林さんのお姉様が満面の笑みを浮かべる。

「ありがとうございます！　弟共々、ぜひよろしくお願いしますね。あ、ちなみに料理を作っているのは優弥の義兄《あに》にあたる、私の主人なんです。彼のこともどうぞよろしく」

「は、はい、こちらこそよろしくお願いいたします！」

──暮林さんのお義兄《にい》様がこの素晴らしいお料理を……！

私が席に座り内心『おおおお……』と感動していると、暮林さんと軽く言葉を交わしたお姉様は、笑顔で私に会釈《えしゃく》をして店の奥に戻っていった。

「……と、いうわけで」

「というわけで、じゃないですよ！　なんで早く言ってくれなかったんですか！　めちゃくちゃびっくりしましたよ」

激しく突っ込みを入れると、さすがに彼も申し訳なく思ったみたい。肩を竦《すく》めて眼鏡のブリッジをくいっと上げた。

「ごめん。言うタイミングを逃して」

「それにしたって、言うチャンスなんて食事の間にいくらでもあったじゃないですか……無口にも程があります」

少し呆れながら暮林さんを咎《とが》めると、彼は自嘲《じちょう》するように笑った。

「本当にごめん。まさか君からこの店をすすめられるなんて思わなくて。でも、姉も君に会いたがってたし、ちょうどいいかと思ってね」

「だからっていきなりご家族と会わせるなんて！　私にだって、こ、心の準備ってものが……」

今になって、緊張して手が震えてきた。

あれ？　確かこの店は先代ご主人が始めた一号店で、今は二代目。二代目がお姉様ご夫婦ってことは、先代って……もしかして……

「そう。元々は両親が始めた店なんだ、ここ。今は婿養子の義兄《あに》が姉と一緒に切り盛りしてる」

私の表情を読んだのか、暮林さんがサラリと説明してくれる。

新たな事実に、私は目の前が真っ白になった。

だって、この店をはじめ、系列の店舗が数店舗あるらしいのだ。つまりは、それらの

「そうなんですか？」

私の表情に、鈴木さんは困惑の表情を浮かべる。

「え？　もしかして何も聞いてない？　私と彼が昔付き合ってたっていう……」

「あ、それは知ってます」

よかった、とホッとした様子の鈴木さんが、手にしていたポーチの中からリップを取り出した。

「ごめんなさい、無神経だったわ。暮林君って、すごく正直な人だから、あなたには話してると思ったの。でも付き合っていたのは随分前のことだし、今はなんとも思ってないから安心してね」

「そ、そうですか……」

「小菅さんと暮林君は？　どっちから？」

「か、彼です……」

照れつつ正直に話すと、鈴木さんの表情がみるみるうちに驚きに変わる。

「そう、暮林君からなのね」

「やっぱり驚きますよね……私も言われた時はすごくびっくりして……」

「ううん、そうじゃなくて。昔、彼が、よっぽど好きになった人じゃないと自分からは行きません、って言ってたの思い出しちゃって。そっか、暮林君からねえ……」

しみじみと私の顔を見て頷く鈴木さんに、恥ずかしくていたたまれず、視線を下に向けた。

「照れなくていいのよ、それだけ彼に愛されてるってことだから」

鏡に向かってリップを塗っていた鈴木さんがチラッと私を見る。そして整った顔でにっこりと微笑んだ。

「……はい、ありがとうございます」

ちなみに鈴木さんは既婚者で、すでにお子様もいらっしゃる。今日はこの後、お子様の学校のＰＴＡの集まりがあるので早退するのだそうだ。

以前鈴木さんは、企画課でバリバリ働くプランナーだったらしい。でも結婚、出産を経て今は経理課で、四時までの時短勤務をしている。

私はできればずっと、企画課で働きたい。だけど状況によっては、鈴木さんのように働き方を変えていくのもありなんだろう。

たとえばもし、彼が異動になってしまったら？　その時、私はどうしたいんだろう。

彼とは離れたくない――それが本音だ。でも、今回は大丈夫だったとしても、また数年後、異動があるかもしれない。その時、私の存在が、彼のキャリアの足枷《あしかせ》になってはいけないと思うのだ。彼には好きな仕事をしてもらいたい。

でも、私も今の仕事が好きなのだ。そうなると、遠距離恋愛という形になるが……

私だって、離れていても気持ちは変わらないと断言できる。けど、離れていることで生じる、理屈ではどうにもならない問題がきっと出てくると思うのだ。

階段を上《のぼ》り終えた私は、一つの決意をする。そうして、少しだけ軽くなった足取りで自分の部署に戻ったのだった。

その日の夜、暮林さんから電話がかかってきた。

『何か変わったことない？』

好きな人の声を聞くとホッとする。それと共に会いたい気持ちが膨らんできた。

「変わったことですか、特にないかな……あ！　今日、久しぶりに鈴木章枝さんとお話ししましたよ」

すると、一瞬の間が。

『……なんで、鈴木さんが出てくるの』

さすがに私から元カノの名前が出るとは思っていなかったのか、暮林さんの声がトーンダウンする。

「いえ、偶然会って、ちょっとお喋《しゃべ》りしただけなんですけど」

『それならいいんだけど』

あからさまにホッとしたような声だったので、笑ってしまった。

たわいない話をして電話を終えた私は、改めて思う。

もし、彼と遠距離恋愛をするとなったら、こういう生活になるのだ。

電話で話すのもいいけど、相手の匂いや、温もりを感じることはできない。

やっぱり、好きな人とは会って話をしたいし、何かあったら側で支えたい。となると、やっぱり自分の取る道は一つだと思う。

もし、本当に彼が異動するようなことになったら、私も一緒に行こう。

仕事はどこでもできる。でも、暮林さんは一人しかいないから。


暮林さんが出張から戻る前に、入江課長が復帰することになった。

「おー！　久しぶり！　なんか随分懐《なつ》かしい気がするな」

松葉杖をついた姿で部署に姿を現した課長は、みんなから声をかけられ、嬉しそうに頬を緩《ゆる》ませる。

「課長、お帰りなさい」

私も課長の側に近づき声をかけた。

「おお、ありがとう。まだこんな状態だから、いろいろ迷惑かけると思うけど」

「いえ、大丈夫です。課長こそ、無理しないでくださいね。今は、暮林さんや石川さんが仕事をフォローしてくれているので」

暮林さんの名前を出した途端、課長の目がキラッと輝いたような気がした。

「そうだ、小菅、お前……」

「……なんですか？」

「ぶっちゃけ、暮林とどうなったんだ」

「……え」

いきなり小声で質問されて、頭の中が真っ白になる。

「な、なんですか、いきなり。暮林さんとって……」

「だってお前ほら、なあ？」

入江課長がニヤニヤしながら私の返事を待っている。これは絶対、私と暮林さんが付き合っていることを知っている顔だ。

なあ、って。ていうかずっと会社に来ていない入江課長が、なんで私と暮林さんのことを知っているのだろう……？

「どこから聞いたんですか？　私達のこと……」

人の目がないことを確認して、小声で聞いてみる。

「そりゃお前、暮林が報告してくれたからさ、お前とのこと」

「え、……それ、本当ですか」

「マジマジ。実は俺、結構前から暮林の気持ちに気づいてたんだよね。だから応援してたわけよ」

それを聞いて、再び私の頭の中は真っ白になる。

——マジで⁉

私の知らないところで課長に暮林さんとの恋を応援されていたなんて……

「俺としては、あいつにはぜひ幸せになってもらいたいわけ。だから、よろしく頼むな」

「は、はい！」

それからすぐに、入江課長の話は仕事の内容に切り替わり、私の頭の中もモードが切り替わる。

いつだって、彼の存在が私に力をくれる。

離れていても、今私ができることを精一杯頑張ればいい。そう思えた。

暮林さんから【明日戻ります】と連絡が入った翌日。

私は、帰ってくる暮林さんを出迎えられるように、定時退社を目指して一心不乱に仕事を片付けていた。

——よーし、このペースでいけばなんとか、定時で上がれそう！

この後、彼に会えると思うと気分が上がる。お陰でキーボードを叩く手も、いつもより軽快だ。その間も、頭に浮かぶのは暮林さんのこと。

「いいかなって……」

「さっきからずっと、君のことが抱きたくて堪《たま》らなかった。でも、帰って早々がっつくのもみっともないし、我慢してたんだけど……もう限界」

彼の言葉に顔が熱くなる。でも、そんなの私だって一緒だ。私も早く彼とこうしたかった。

「でも、暮林さん疲れてませんか……？」

「疲れなんて、君といたら吹っ飛ぶ」

暮林さんは微笑みながら、私の耳元に顔を近づけ甘い声で囁《ささや》く。

「だから側にいて」

「……は」

腰から下が砕け落ちそうになるほど、とびきり甘い彼の声に頷く。そして私の唇は、すぐに暮林さんのそれに塞《ふさ》がれた。

暮林さんのキスは、いつも優しく始まる。私の反応を確かめるように軽く触れてきて、何度か触れるだけのキスを繰り返した後、するっと舌を差し込んでくるのだ。

以前は舌を絡《から》ませると煙草《たばこ》の独特の匂いと、苦みが口の中に広がった。けど今は、口の中に広がるのは彼の香り……

うっとりとキスに酔いしれていると、彼の手が私のカットソーの裾からするりと素肌を伝う。脇腹を優しく撫でられ、くすぐったさに少しだけ体を捩《よじ》った。

「くすぐったい？」

キスの合間に暮林さんが尋ねてくる。

「……そ、そりゃ……くすぐったい、です……んっ」

脇腹から上《のぼ》ってきた暮林さんの手が、胸の膨らみを包み込んだ。大きな掌《てのひら》でくるくると円を描くみたいに優しく撫でられ、気持ちよさに背筋が震えた。

掌《てのひら》が乳首の先端を掠《かす》める度に、ピリっと甘い痺《しび》れが私を包む。

「あっ」

いつもは丁寧に優しく触れてくる暮林さんだけど、今日はなんだか余裕が無い感じだ。

でも、そんな触れ方ですら今はとても嬉しい。

「佐羽」

首筋にキスをしながら、彼が甘い声で私の名を呼んだ。それだけで、私のお腹《なか》の奥がきゅんと疼《うず》いて、下腹部に熱が集中する。

——名前を呼ばれただけなのに、こんなに感じちゃう私ってどーなの？

暮林さんに触れられるとすぐに感じてしまう。そんな自分が恥ずかしいのに、感じるのが止められない。無意識のまま太股を擦り合わせていたら、カットソーを胸の上までたくし上げられた。

「んっ……」

そのまま手早くカットソーとキャミソールが頭から引き抜かれる。そして、ブラジャーのみになった私の背に手を回した彼は、素早くブラのホックを外した。

露《あら》わになった乳房に彼が吸い付いてくる。胸を手で持ち上げながら、乳輪を丁寧に舐《な》め回し、乳首に舌を這《は》わす。さらに乳首を口に含まれ、口の中で何度も舐《な》められ、吸い上げられているうちに、腰から力が抜けていった。

「は、あっ……んっ……！」

先端を執拗《しつよう》に弄《いじ》るざらついた舌の感触が私の興奮を煽《あお》る。その間、もう片方の乳房は彼の手に捏《こ》ね回され、どちらからも刺激が与えられ、このままイッてしまいそうだった。

「ん、だめ、暮林さ……そんなずっとされたらイッちゃう……!!」

彼の背中に手を回し、やめてほしいと何度かトントン叩く。だけど私の希望をよそに、顔を上げた暮林さんの目はやけに煽情的だった。

「いいよ。何度でもイッて」

やめるどころかさっきよりも強く乳首を吸い上げられ、私の腰が大きく跳ねる。

「や、そんなっ……本当にイッちゃう、からっ……あっ……!!」

彼の口と手で翻弄《ほんろう》された私は、あっけなく達してしまった。

体を痙攣《けいれん》させ、くたっとソファーに凭《もた》れた私を見て、暮林さんが目を細める。

「ん、もおっ……だからイッちゃうって言ったのに……っ」

「そう言われてもね。こっちはイかせたいんだから、やめるわけないよね」

話しながら膝丈のスカートを太股の真ん中まで捲《まく》り上げられ、同時に少し脚を開かされると、彼の右手が私の内股を優しく撫でた。

「ん、く、くすぐったい」

「白くて綺麗だよね、ここ」

床に膝をついた暮林さんが、私の内股に顔を寄せ、ちゅうっと吸い付いた。唇を太股につけたまま、彼は徐々に唇の位置を脚の付け根へと移動させる。じわじわと股間に近づいていく唇の感触はくすぐったくもあり、もどかしくもあり。なんとも複雑な気持ちでいると、暮林さんの指がショーツのクロッチを優しく撫でた。そんな軽い接触でも、達したばかりの私には、かなり刺激になる。お陰で、彼の指が触れる度、私の腰がピクピクと反応してしまった。

「……もう濡《ぬ》れてる」

そんなの言われなくたって分かっているのに、彼はわざわざ私の顔を見て言ってくる。普段無口な暮林さんは、セックスの時に限りいつもより饒舌《じょうぜつ》で、私を恥ずかしがらせるのだ。


「佐羽、可愛い」

「そんなことっ……い、言わないでっ……」

快感に息を荒らげながら窘《たしな》めると、彼が苦笑する。

「頬を赤らめる佐羽が可愛いから、つい」

ショーツを脱がされ、何も身につけていない状態のそこに、暮林さんの指が一本つぷ、と差し込まれた。

「んっ……」

「ああ、すごいね。もうこんなに濡《ぬ》れてたんだ」

差し込んだ指を前後に何度も抜き差しされ、その度にジュプ、ジュプという水音が聞こえてくる。

自分で思っていたよりも相当濡《ぬ》れていることに羞恥《しゅうち》を煽《あお》られ、顔が熱くて仕方ない。

「やだ、そんな説明いらない……！」

すぐにもう一本、指が増やされ、二本の指で膣壁を擦られる。彼の長い指で奥の方まで擦られると、奥から蜜が溢《あふ》れ出してくるのが自分でも分かった。こんなに溢《あふ》れていたら、ソファーに垂れてしまうのではないか。

「や、ああっ……だ、だめ、暮林さん……買ったばかりのソファー汚しちゃうから……」

息も絶《た》え絶《だ》えに、私は彼に訴える。なのに暮林さんは、まったく気にする様子はない。

「いいよ」

「よくないですっ……私が気にしますっ」

脚を閉じて彼の動きを止めようとするのに、あっさり阻止されてしまう。

「しょうがないな。じゃあ」

指を抜いてくれるのかと思ったら、彼は体をぐっと私の脚の間に割り込ませた。

「垂れないように舐《な》めよう」

彼の言葉を理解するのに少し時間がかかった。あっ、と我に返った時には、股間に頭を埋《うず》めた彼に、蜜口の周辺を舐《な》め上げられていた。

「きゃあっ！　そんな、やめてください！　私シャワー浴びてな……」

「大丈夫だよ。君はどこも綺麗だから」

脚の間に顔を埋《うず》めたまま、そんなことを言う。暮林さんは私の中から溢《あふ》れる蜜を丁寧に舐《な》め取っていく。それだけにとどまらず、襞《ひだ》を指で広げて現れた蕾《つぼみ》にも舌を這《は》わせた。

「ふっ！　んうっ……」

ちょっと触れただけでも大きく腰が揺れてしまう。彼は敏感なその蕾《つぼみ》を、私の反応を確かめながら何度も何度も弄《いじ》ってくる。時に舌で、時に指で。

「あっ、ん、だめ、だめっ……」

徐々に息が荒くなり、再び絶頂が近づいてきた。私は股間にある暮林さんの頭を押さえて、背中を弓なりに反《そ》らす。

「あ、だ、だめです、私またイッちゃうか、ら……！」

「うん、イッて」

――またそんな、サラッと……！

彼に文句の一つも言ってやりたくなるが、今は頭の中が真っ白で、上手《うま》い返しが出てこない。

私はお腹《なか》の奥からせり上がってきた絶頂に、またしても支配されてしまう。

「あ、あああっ……!!」

目の前が真っ白になり、思考が飛んだ。

再びイかされてしまった私は、さっきよりも大きく脱力してソファーの背もたれに倒れ込む。

はあはあと息を荒らげる私に、股間から顔を上げた暮林さんが、髪を掻き上げながら聞いてくる。

「挿れてもいい？」

イッたばかりで上手《うま》く頭が働かないままではあるが、私が無言で頷くと、ここを離れた暮林さんが避妊具を手に戻ってくる。

暮林さんは眼鏡を外してテーブルに置くと、素早く着ている物を脱ぎ一糸纏《まと》わぬ姿になった。

照明が煌々《こうこう》と点《つ》いているリビングの中、若々しく引き締まった体が露《あら》わになる。そして猛々《たけだけ》しく立ち上がった彼の分身もしかり。

彼は辛うじてウエストの辺りに纏《まと》まっていた私のスカートを剥《は》ぎ取り全裸にすると、ソファーに寝かせた。その上に跨《また》がり、溢《あふ》れる蜜の出入り口に剛直を優しくあてがう。そのまま、蜜を纏《まと》わせるように何度か割れ目に沿って腰を動かした。

その行動がもどかしくて、堪《たま》らなくなる。

「ん、暮林さんっ、早く……」

彼は剛直をゆっくりと私の中に挿入してきた。

前戯ですっかり潤《うるお》っていたお陰で、彼の太く長い剛直は難なく私の最奥《さいおう》まで到達する。

「んあっ……」

――深い……！

最奥《さいおう》で彼を感じることができる幸せに包まれ、私は彼の首に腕を回す。彼も気持ち良くなってくれているのか眉間に皺《しわ》を寄せて私の背中に腕を回した。

「……佐羽」

キスをしようと彼の顔を引き寄せたら、少し息を荒らげながら暮林さんが笑う。

「……なんですか……？」

「いや……幸せだなって。君を好きになってよかった」

なるよね。

「えっ、と、あの……じゃ、暮林さんのお好きな体位でどうぞ……」

気を使って言ったつもりなのだが、この対応に暮林さんが「ブフ」と噴き出す。

「そんなの初めて言われた」

口元に手を当てて笑う暮林さんに、だって、と必死で言い訳を考える。

「暮林さんにも気持ち良くなって欲しいから……」

「うん……君のそういうところ、好きだよ」

彼は微笑みながら私を抱き寄せ、唇にチュッとキスをする。

「このまま君の顔を見ながらイきたい……これを君の中に挿れてくれる？」

少し体を後方に反《そ》らした暮林さんは、硬く反《そ》り返った彼自身を視線で示す。

私はこくりと頷き、彼の昂《たかぶ》りに手を添えその上にゆっくりと腰を下ろしていった。

「ん、あっ……」

彼の肩に手をかけながら、徐々に沈み込んでいくそれを全身で味わう。お腹《なか》の奥の方に感じる、圧倒的な存在感。最奥《さいおう》まで到達すると、さらに質量が増したように感じた。

「や、あ……なんか、おっきい……っ」

快感に腰がゾクゾク震え、私は何度も身を捩《よじ》らせた。

「……動くよ？」

「は、い……」

最初はゆっくり突き上げられ、私も彼の動きに合わせ、腰を動かす。

「ん、んっ……」

奥を刺激されて、数回擦られただけでもかなり気持ちいい。いつしか彼との行為に溺《おぼ》れ、恍惚《こうこつ》となっていった。

「は……」

小さく吐息を漏《も》らす彼も、時々顔を天井に向けたり、汗で貼り付く前髪を掻き上げたりと、どこか余裕がなくなってきているように感じる。

その証拠に、彼が抽送《ちゅうそう》のスピードを速めた。

「ああっ、あっ、ああっ……」

ぱん、ぱん、ぱん、と小気味いい音がリビングに響く。突き上げながら、彼の手が上下に揺れる私の乳房を鷲掴《わしづか》みにし、激しく揉《も》み込まれた。

「佐羽。好きだ、愛してる……」

「私も、愛、して、るっ……」

ぼんやりしてきた頭で必死に彼への気持ちを伝えた。だけど、言ってすぐ彼に胸の先端を吸われて、僅《わず》かばかりあった余裕など、どこかに吹き飛んでしまう。

お腹《なか》の奥がきゅうっと締め付けられて、頭の中に霞《かすみ》がかかってくる。

「あっ、あっ、ああっ、も、ダメ、い、イッちゃううっ……!!」

「……っ、いいよ、イッて……」

暮林さんの顔に汗の滴《しずく》がつーっと流れていく。それに呼吸も荒くなってきて、もうすぐ絶頂を迎えそうだと分かる。

「く、ればやしさ……」

名前を呼んだら、さらに抽送《ちゅうそう》の速度が増した。

「はっ、佐羽っ……」

苦しそうに変化する彼の顔を見届けた私は、迫り来る絶頂に備え、彼の頭を掻き抱《いだ》いた。

「ん、ああっ……っ」

——イ、くっ……!

「っ、は……」

私が体を反《そ》らして脚をぴん、と伸ばしたのと、暮林さんが体を震わせたのは、ほぼ同時だった。

くったりとして息を整える私達は、何度かキスをしてからようやく離れた。

「……熱いな」

避妊具の処理を済ませて立ち上がった暮林さんが、キッチンと洗面所で冷えたペットボトル入りの水とタオルを持ってきてくれた。それらを私に手渡した後、彼はソファーに浅く腰掛ける。

「佐羽、疲れた？」

「ん？　いえ……いや、ちょっと、かな……」

水を飲み終えたタイミングで尋ねられ、当たり障りない返事で返したら、クスッと暮林さんに笑われた。

「でも、ごめん。もうちょっと付き合って」

え？　と彼を見上げようとした時、彼に抱き上げられて目を丸くする。しかも彼の下半身が反応しているのを見て私は顔を赤らめる。

「え、す、すぐ？」

「うん。まだ全然佐羽が足りない。お陰で、ちっとも興奮が収まらない」

「興奮……いつも冷静な暮林さんが？」

驚いて聞き返すと、彼が真顔のまま無言で頷いた。

「するよ。君といる時は大概興奮してる」

「ええ!?　嘘ですよ、いつも飄々《ひょうひょう》としてるじゃないですか！」

私の反応に、暮林さんは困った顔で言った。

「そんな分かりやすく興奮してたらただの変態でしょ……いつもは理性で抑え込んでん

の、結構苦労してるんだよ？　会社で君に触れないようにするの」

「そ、そうですよね……でも、そこまで意識してもらえて、嬉しいです」

嬉しさの余り頬が緩《ゆる》んで仕方ない。そんな私をチラッと見て微笑んだ暮林さんは、私の頭に軽く手を載せ、くしゃっと撫でた。

「あなたは側にいるだけで俺を興奮させる、唯一無二《ゆいいつむに》の愛しい存在です」

——ぎゃっ!!

久しぶりの殺し文句、きた——

私は瞬間湯沸かし器の如《ごと》く顔を赤らめた。

「佐羽？　どうかした？」

自分の言動のせいで私がこうなっている、なんて露程《つゆほど》も思っていなそうな暮林さんに、私は小さく頭を振った。ここまで無自覚だとこっちは完全にお手上げだ。

「なんでもないです……お、お手柔らかに……お願いします……」

俯《うつむ》く私を見てクスッと笑った暮林さんは、私の体を抱き締めて優しいキスをくれた。

そうして私達は、本当に一晩中、甘い時間を過ごすことになったのだ。

彼の部屋に泊まった翌日。彼より後に起きた私がリビングに顔を出すと、シャワーを浴びた後と思われる暮林さんがコーヒーを淹《い》れていた。

「そうだ、君に土産《みやげ》を買ってきたんだった」

思い出したように立ち上がった暮林さんは、昨夜持って帰ってきた紙袋の中から、お土産《みやげ》と言っていろんなものを取り出した。

「これは和菓子、これはバウムクーヘン、これはチョコレート、で、これは……」

紙袋から出てくるたくさんのお土産《みやげ》に、ちょっと驚いた。嬉しいけど。

「ありがとうございます！　こんなにたくさんいいんですか？」

「うん。向こうで世話になった人におすすめのお土産《みやげ》は何かって聞いたら、いろいろ教えてもらったから全部買ってきた。どう、どれか気に入ったのある？　なんなら全部持ってってくれても構わない、いや、むしろそうして欲しいんだけど」

そう言われましても、どれもみんな食べたことがないものばかり。しかも見るからに美味《おい》しそうだ。この中から選べ、と言われても困ってしまう。

「あの、よかったら一緒に食べません？」

「じゃあ、そうしようか」

お土産《みやげ》のお菓子は、ここで食後に食べることになった。そして、私達は、昨夜食べ損ねてしまったカレーを、朝食兼昼食として食べた。一晩置いたお陰か昨夜より格段に美味《おい》しくなっていたカレーを、彼はとても喜んでたくさん食べてくれた。

食事の途中、昨日発表になった辞令について話す。

「そういえば昨日、人事異動の辞令が出てました。もしかしたら暮林さんも異動するんじゃないかなって、心のどこかで思っていたので、名前がなくてホッとしました」

私が思っていたことを素直に白状すると、暮林さんの食事の手が止まる。

「大丈夫だって言ったのに。佐羽は心配性だね」

眼鏡にかかる前髪を指で払いながらクスッと笑われたので、私はつい口を尖らせて
「だって」と呟く。

「やっぱり心配だったんです。暮林さんは大丈夫だって言ったけど、上から強く言われたら断れないだろうなって。だから、いろいろと覚悟を決めてたんですよ」

「そう言ってもらえるのは嬉しいけどね。俺、遠距離は難しいって言ったでしょ。難しいっていうか正直嫌だったんだよね。だから、このタイミングで向こうに行くつもりはなかった」

きっぱり言って、暮林さんが笑う。

「……そんなに？」

「うん」

「でも、私、離れてても気持ち変わったりしませんよ？」

「俺も変わらないけど、今はどうしても君と離れたくなかった」

そんな風に言われてしまうと、こっちはもう何も言えなくなってしまう。

彼の気持ちが嬉しくて、私は顔を赤らめる。と同時に、芽生《めば》えたばかりの決意を伝えることにした。

「……私、この一週間暮林さんと離れて、改めて思ったことがありました」

「うん？」

暮林さんが私を見る。

「さっき、離れていても気持ちは変わらないって言いました。でも、離れていても平気かと言われたら、それは違いました。やっぱり、好きな人に会いたい時に会えないのは寂しいです」

申し訳なさそうな顔をした暮林さんに、慌てて手を振る。

「いえ、寂しかったと訴えたいわけではなくて……私、これまで誰かのために自分が仕事を辞める、という考えはなかったんです。たぶん、元カレに仕事を辞めてくれと言われても、断っていたと思います。でも、今の私の考えはちょっと違ってて……」

暮林さんは黙って私の話を聞いてくれている。

「我慢するとか、諦めるとかじゃなくて、自分の希望に合った選択肢の一つとして、ああ、そういう道もあるんだなって考えられたんです。だから、もし今後、暮林さんが異動するようなことがあったら、その時は私も一緒に行きます」

きっぱりと自分の気持ちを伝えたら、彼の目が驚きで見開かれた。

「だって、仕事はどこでもできますけど、暮林さんは一人しかいませんし。だったらやっぱり好きな人の側にいたいなって、私はそう思ったので」

「佐羽」

精一杯の笑顔でこう言うと、暮林さんはフッと頬を緩《ゆる》ませた。

「ありがとう。……ただ、俺の気持ちとしては、佐羽には今の環境でプランナーを頑張ってもらいたいと思ってる。でも君にそんな風に言ってもらえるなんて思っていなかったから、素直に嬉しいよ」

そう言って暮林さんは、私に優しく微笑んでくれる。その顔を見るだけで、こっちまで嬉しくなってしまった。

いつもこの笑顔の近くにいたい。

何度考えても、結局この考えに行き着くから、私の決意は間違っていないのだと思う。

食事の後、お土産《みやげ》のお菓子と一緒に食後のコーヒーを堪能していた私は、ふとあることを思い出した。

「あ、そういえば暮林さん、禁煙は続いてるんですか？」

「うん。ホテルの部屋が禁煙だったし、ガムの力を借りてなんとかね」

暮林さんが顔色を変えずにこう答える。

「すごい。もう二週間以上吸ってないってことですよね？　この調子だったら禁煙できそうですね」

彼の意志の強さに感服していると、私の方をチラッと見る暮林さん。

「ご褒美《ほうび》がかかってるからね、こっちも必死だよ」

「ご褒美《ほうび》……」

ご褒美《ほうび》イコール結婚。だけど、これ全然ご褒美《ほうび》にならないかも。だって私、彼が禁煙してようがしていまいが関係なく、ずっと一緒にいたいと思ってるから。

でも、彼が禁煙するのはいいことだ。というわけで、このまま禁煙を頑張ってもらおう。

「ぜひ、頑張ってくださいね」

私は、そう言って満面の笑みを浮かべた。

食後の片付けで、二人並んでキッチンに立つ。結婚したらこんな感じなのかな、とぼんやりイメージできて、すごく幸せな気持ちになった。

――暮林さんって結構綺麗好きなんだよね。部屋に物があまりなかったのも、物が増えると散らかるからっていう考えかららしいし……

そんなところもいいな、と思えた。

洗い物をしている最中、あ、そうだ、と暮林さんが何かを思い出した。

「そういえば、うちの両親が姉から君のことを聞いたらしくて、君に会いたがってるんだけど」

「え、ご両親がですか？」

結婚を前提に付き合っていれば、そうしたこともごく普通の流れなのかもしれない。

私がおずおずと頷くと、それを見た暮林さんは、少しホッとしたように頬を緩《ゆる》める。

「そっか、よかった。じゃあ、具体的な日時が決まったら連絡するよ。これで洗い物は終わり？」

「はい。これを拭《ふ》いたら終わりです」

食器を片付けて、ソファーに座る暮林さんの隣に私も座る。

「今日はゆっくりできるの？」

「はい、大丈夫です。何かしたいこととかありますか？　買い物があったら付き合いますよ」

暮林さんは昨夜出張から帰ってきたばかりなので、気を利かせたつもりだった。

「そうだな……」

暮林さんは私の顔を見たまま考え込む。

私もじっと彼の言葉を待っていると、暮林さんがニヤリと笑う。

「じゃあ、抱いてもいい？」

まったく想定していなかった言葉にキョトンとする。

「え……じょ、冗談ですよね」

「いや、本気」

そう言って暮林さんが私の肩に手を載せる。

——ええっ……昨夜だって結構した……のに！

「なんでそんなに元気なんですか!?」

「旨《うま》いメシを食ったからじゃない？」

そう言って笑う暮林さんは、いつのまにか私の腰に手を回していた。

「要するに、君が可愛くて大好きだから、近くにいると自然と欲しくなっちゃうんだよ」

優しい眼差しで見つめられて、そんな甘いことを言われると何も言えなくなってしまう。

私も彼の腰に自分の手を回した。

「もう、仕方ないですね……」

近づいてくる彼の唇に、私も自分のそれを重ねた。

思った以上に情熱的な彼の一面に驚かされはしたけれど、求められるのは嬉しいし、幸せだった。

結局この後、甘い時間を過ごした私達がマンションを出たのは、お昼過ぎになってからだった。

エピローグ

暮林さんとちゃんと付き合い始めてから二ヶ月が経過した。

私と彼が付き合っていることは、すっかり周知の事実となり、今では社内で話をしていようが一緒に帰ろうが何も言われなくなった。

そしてこの間、絶賛恋人募集中だったみなみさんが見事に彼氏をゲットした。最初、彼氏ができたと聞いた時、私も京子も冗談かと聞き返してしまった。

「この短期間に、一体どうやって見つけたんですか？」

会社の休憩スペースでランチをしながら、思わずみなみさんを問い詰めると、彼女は私を見て「ふふ」と微笑んだ。

「イベントよ、婚活イベント！　今後の仕事にも参考になるかなー、と思って軽い気持ちで行ってみたんだけど、とっても素敵な人がいてね！　話も弾んでそのまま連絡先交換して、あっという間にお付き合いすることになりました～」

それにしても彼氏いない期間を二ヶ月以上空《あ》けないみなみさん、本当にすごい。これには京子も口を開けて信じられない、とばかりにみなみさんを見つめていた。

「すっごい……みなみさんのその恋愛に対するバイタリティ、ほんと尊敬します」

「何言ってんのよ、京子は登山やってるじゃない。私からすればそっちの方がすごいわよ」

「そうですかね？　山、気持ちいいですよ？　登山じゃなくても高原とか散策するのもオススメですよ。よかったら今度、みんなで行きません？」

「登山は無理だけど、高原散策だったらいいかな～」

「じゃ、早速計画を練りますね」

嬉しそうに微笑む京子は、恋人探しよりも登山にハマっているらしい。休日になると共通の趣味を持つ友人と、近場の山に出かけているそうだ。

最初聞いた時は驚いたが、普段温和な京子が、山について熱弁をふるう姿を見るのは結構楽しい。

「なんだか楽しそうですね～、先輩方」

私達の横を通り過ぎようとした伊東が、立ち止まって声をかけてくる。

「高原で美味《おい》しい空気吸ってリフレッシュしようって話してたのよ。伊東もどう？」

私が伊東に話を振ると、彼女は「ん～」と言って首を傾《かし》げた。

「私、高原より海がいいなー。そんでビーチでのんびりしたいです」

「山と海じゃ正反対じゃない。やっぱりあんたとは気が合わないわ」

みなみさんが苦笑する。そんなみなみさんに、伊東もケラケラ笑い出す。

「奇遇ですね。私もそう思いました」

彼女は相変わらずマイペースだが、最近ちょっとした変化があった。

なんと、伊東はいつの間にか暮林さんではなく、彼と一緒に入江課長のフォローに回った石川さんに夢中になっていたのだ。

同じイベントに関わったことがきっかけだというが、伊東の心変わりの早さに、呆気にとられてしまった。

『やっぱり一緒にいると、相手の良さに気づくものなんですね？　私、なんでもっと早く石川さんの魅力に気づかなかったんだろうって思いましたよ。ほんとに素敵なんです、石川さん』

完全に目がハートになっている伊東に、なんと言ったらいいか分からない。そんな私を見て、伊東はクスッと笑った。

『私も佐羽さんと暮林さんみたいになれるよう、頑張りまーすっ！』

そう宣言した伊東は、つくづくマイペースで読めないヤツだ……

それから数日後。久しぶりの完全休日に、彼とデートをすることになった。

休日であっても、イベントなど仕事が入ってしまう私達にとって、久しぶりに丸一日何もない休日。というわけで前日から暮林さんの家に泊まり込み、休日の朝早くから出かけることにした。

と言っても、遠出をするわけではなく、車で三十分ほどの距離にあるショッピングモールに買い物に行くだけだが。

開店してすぐのモール内にある雑貨店で、彼の部屋に必要そうな物を選び、カゴに入れていく——私が。

「暮林さん、お皿なんですけど丸いのと四角いの、どっちがいいですか？」

雑貨店の食器売り場で、二枚の皿を交互に見ながらどちらにするか悩む。暮林さんといえば、そんな私の横に立って、目の前の棚に置かれたグラスをしげしげと眺めていた。

「佐羽の好きな方でいいけど」

「もう、いつもそれなんだから。たまには暮林さんも選んでくださいよー」

ムッとして軽く彼を睨《にら》むと、困ったように肩を竦《すく》める。

「そう言われてもなあ。本当にどっちでもいいんだけど……じゃあ、佐羽が扱いやすい方で」

「結局私が選ぶことになってるし……」

いつものことだし、まあいいかと諦めて、結局私の判断で白くて丸いお皿を二枚、かごに入れた。

暮林さんの部屋に来るのも増えたということもあって、二人で買い物に出かける度に、彼の家にない物を少しずつ買い足している。大体決定権は私にあるのだが。

お陰で彼の部屋も大分物が増えて、突然、私が泊まりに行ってもまったく問題がないくらいには整った。これにはとても助かっている。

キッチンで使えそうな雑貨を買ったり、セールをやっている店をチラッと見てセール品の洋服などを購入したりしているうちに、気がつけばもう十一時近い。ついでにずっと歩き回っていたので、そろそろ小腹も空《す》いてきた。

「暮林さん、今日のお昼何にしましょうか？」

歩きながら彼に尋ねると、私が手にしていた荷物をさりげなく持ってくれた暮林さんが、それなんだけど、と横にいる私を見下ろしてくる。

「実は姉の店に行こうと思うんだけど、どう？」

「あのレストランですか!?　もちろん、いいですよ！」

二つ返事で快諾すると、暮林さんは「じゃあ、行こう」と駐車場に向かって歩き出す。

車に戻ると、暮林さんはお姉様の店に電話をし始めた。その電話の途中、彼が私に声をかける。

「佐羽。料理はお任せでいいかな」

「はい、もちろんです」

私の返事にニコッと微笑んだ暮林さんは、それから二言三言お姉様と言葉を交わしてから、電話を切った。

「君にまた会いたがってたから、喜んでたよ」

「本当ですか？　嬉しいな」

だけどお姉様は、なんでそんなに私を気に入ってくれたんだろう？

気になって聞いてみると、苦笑いされた。

「三十五になっても結婚する気配をまったく見せなかった俺に、ようやく結婚を前提とした彼女ができたんだ。この相手を逃がしちゃいけない、と思われてるんじゃないか？」

「……そ、そういうことですか」

これには私も苦笑いしかできなかった。

車は住宅街の中を進み、無事にレストランの駐車場に到着。空《あ》いているスペースに車を停めた。

まだ開店前ということもあって、車は一台も停まっていない。

「佐羽、行こう」

車を降りた私は、先に歩く彼の後をついて歩く。店のドアを開けると、すぐそこに支

探るような視線を送ってくる石川に、こっちは苦笑するしかない。

彼女とこういうことになったのは、自分に都合のいい偶然がたまたま重なったお陰、としか言えない。石川には何度となく説明しているというのに、彼はそれを信じられずにいるようだ。

「偶然って！　このままいったらお前、小菅さんと結婚するんじゃね!?」

「するよ。そのつもりで付き合ってる」

きっぱりと断言すると、石川が言葉を失う。

「うわ～……暮林が結婚……！　そうなると同期で独身なの俺しかいねえじゃん……」

「そうだったっけ？」

そういえば、同期入社の男性社員はほとんどが結婚していて、イベント事業部に在籍している同期で未婚なのは、俺と石川だけだ。

俺もここへ来て自分がこういう状況になるとは、まったく予想していなかった。石川が嘆きたくなる気持ちも分からないでもない。

「それにしても……小菅さんも来てた結婚式の二次会の時って、どっちかというと小菅さんじゃなく伊東さんのほうがお前の近くにいなかった？　だから俺は、てっきり伊東さんがお前のことを好きなんだとばっかり思ってたんだけど」

「はは。それはないんじゃないかな」

伊東さん、と言われて頭に思い浮かんだのは、二次会の時にやたら自分に絡《から》んできた若い女性社員だ。

しかしあの時、自分は、いつもと違う化粧を施《ほどこ》し見たことがないようなパーティードレスに身を包んだ佐羽の美しさに目を奪われていた。それもあって、女性社員が自分の横で何かいろいろ話していたのは知っていたが、内容をほとんど覚えていない。

どうやら俺は眼鏡を外し髪をスッキリさせると、ガラッと印象が変わるらしく、女性からの受けが良くなる。しかしいつもの俺なら、わざわざ苦手なコンタクトをしてまで外見を変えようとは思わない。でもあの日は、こちらに気持ちが傾きかけている佐羽に、もう一押し何かが必要だと考え、わざと外見を変えていったのだ。

なのに、なかなか彼女の側にいられなかった上、ちょっと目を離した隙に、別の男に口説《くど》かれていた時の衝撃たるや。嫉妬で体が熱くなったのを今でもはっきり覚えている。

思わず我を忘れて、佐羽を男から奪い返すように外へ連れ出してしまった。

今思えば、「青いな、自分」と、苦笑してしまうが、あの時は頭に血が上《のぼ》りすぎて周囲の目なんて、まったく気にならなかったのだ。

我ながら、佐羽のことに関しては本当に余裕がないらしい。

だが、彼女と付き合い始めた後、またもや同じようなことが起こるとは思ってもみなかった。

いた。

佐羽が企画を担当した婚活イベントの最中、ホール内に彼女の姿が無いことに気づいた。

それとなく彼女の近くにいたスタッフに行方《ゆくえ》を尋ねると、参加者に声をかけられ、そのまま一緒にホールの外へ行ったという。そして、その参加者は——男。

立場的に冷静であるべきなのは分かっていたが、気づいた時には歩き出していた。

ホールを出て周囲を見回すと、すぐに男性と話している佐羽を見つけた。その瞬間、二人の間にただならぬ雰囲気を察知する。急いで声をかけると、なんと男は彼女の元カレだという。

目の前にいる男は優しそうな顔立ちをしていながら、意外にも口調はキツく佐羽に対してやけに突っかかる。その態度からして、彼女に少なからず未練があるのだと気づいた。

——彼女を傷つけておきながら、未練？　何を今更。

自分でも意外だと思うほど、佐羽の元カレに対して怒りが込み上げた。

その衝動のまま、俺は笑顔で彼の未練を木端微塵《こっぱみじん》に打ち砕《くだ》く。イベントの運営責任者が参加者に取る態度ではないが、自分の感情を堪《こら》えきれなかったのだ。

俺としては二度と佐羽の前に現れるな、という気持ちだった。しかし佐羽ときたら、去ろうとする元カレに優しい言葉をかけるもんだから困ってしまう。彼女のその優しさは好きだが、彼氏としては気が気ではない。

——佐羽は、俺がどれだけ惚れているかを全然分かっていない。

自分でも何でこんなに佐羽のことが好きなのかと驚いてしまうほど、今、俺にとって彼女は特別な存在なのだ。できることなら誰の目にも触れさせたくない。さすがにこんなこと佐羽に言ったら、ドン引きされるのは確実なのだが。

そんなことを思いながら、黙々と定食を食べ進める。メインのヒレカツにかじりついて、その美味《おい》しさに舌鼓《したつづみ》を打った。

「……この店いいな。ヒレカツが絶品だ」

思わず表情を綻《ほころ》ばせると、顔を上げた石川が笑みを見せる。

「だろ。この店、俺もつい最近知り合いに教えてもらったんだけどさ、どれもみんな旨《うま》いんだ。値段の割に量も多いし」

確かに、ご飯に味噌汁、ヒレカツとキャベツ、小鉢にお新香。しかもキャベツとご飯はおかわり自由だとか。これで値段が千円ちょっととなると、かなりお得だろう。

石川はこういった定食屋や旨《うま》い料理を出す居酒屋をよく知っている。俺が佐羽を連れて行った焼き鳥屋やラーメン屋も、石川に教えてもらった。

メニューが豊富で味も確か。決めた、次はここにしよう。

佐羽が美味《おい》しそうに定食を食べる姿を想像しながら、食事を終え箸《はし》を置いた。

「佐羽を連れて近いうちにまた来るよ。彼女が喜びそうだ」

「あーあーそうですか。お幸せそうで羨《うらや》ましいですね」

げんなりしている石川に、にっこりと微笑みを返す。

「実際、幸せだから」

彼女の笑顔を見るのが好きだ。特に美味《おい》しい物を食べて、彼女の頬が嬉しそうに緩《ゆる》むのを見るのは、俺にとって至福の瞬間だ。

その瞬間を見逃さないように、食事の最中は一瞬たりとも彼女から目が離せない。

なんて、佐羽に知られたら怒られそうなので、言わないけれど。


食事を終えて社に戻ると、佐羽が荷物を手に外出するところだった。

「あっ、暮林さん。お帰りなさい」

彼女に笑みを向けられると、ここが会社だということを忘れて、つい触れたくなってしまう。

「……うん、ただいま。小菅さんはこれから外出？」

衝動を抑えて尋ねると、佐羽が柔らかく微笑む。

「はい。今度担当するイベントの会場候補地の下見に行ってきます。いくつか回ってくる予定なので、そのまま直帰すると思います」

「そう」

直帰。それを聞いて咄嗟《とっさ》にある考えが頭に浮かんできた。

俺は軽くかがんで、佐羽の耳元でこそっと囁《ささや》く。

「今夜、部屋に来ない？」

「ひゃっ！」

こうやって耳元で囁《ささや》くのも何度目か。しかし佐羽は未だに慣れないらしく、囁《ささや》いた瞬間、声を上げて体を震わせた。

こういうところも、また可愛いんだけど。

「も、もうっ、びっくりさせないでくださいよ！」

毎度のことながら、耳を押さえた佐羽に窘《たしな》められる。

「……そろそろ慣れてほしいな、小菅さん」

苦笑すると、佐羽はムッとして口を尖らせる。

「そんなの無理ですっ、暮林さんの声って威力半端ないんだから……」

「で、返事は？」

急《せ》かすと、佐羽は周囲を見回してからこくんと頷いた。

「行きます」

その返事に、自然と頬が緩《ゆる》む。

「なるべく早く帰るようにするから、うちでのんびりしてて。夕飯は俺が帰りに買って行くよ」

「え、簡単な物でよければ、私が何か作りますよ。その、私の食べたい物になっちゃうと思いますけど」

「いいよ。君が食べたい物で」

好きな物を美味《おい》しそうに食べている佐羽の顔を見たい俺としては、願ってもない。むしろそうして欲しい。

すると佐羽は嬉しそうに笑った。

「分かりました、じゃあ……後ほど。行ってきます」

「うん。行ってらっしゃい」

佐羽は軽く会釈《えしゃく》をして、颯爽《さっそう》と歩き出す。その後ろ姿を見送って、俺は自分の席に向かった。

「……さて、やるか……」

彼女を待たせないためにも、さっさと仕事を片付けて、早く家に帰ろう。

佐羽の存在は、俺にとって仕事の効率アップにも一役買っていた。

これまで完全に仕事中心だった生活が、小菅佐羽という女性のお陰でこんなに変化するとは思わなかった。

はっきり言って自分には結婚など無縁だと思い込んでいたのに、今の俺は佐羽との未来を考えるだけで胸が躍《おど》るのだから、不思議でならない。

結婚した友人が「結婚はいいぞ」と言っていたのを半信半疑で聞いていたのだが、今なら彼らが結婚を勧めるのも納得できる。

——結婚か。佐羽に変な虫がつくと困るし、ここはやはり早めに籍を入れるべきか。

我ながら怖いくらい先走ってるな、と思うが、こっちも愛する人を確実に手に入れたいので必死なのだ。

そのためにはまず何が必要か、考えて浮かび上がったことを今夜、早速彼女に伝えよう。

そう心に決めて、いつもよりペースを速めて仕事を片付けていった。


仕事は順調に片付き、定時を少し過ぎた辺りで社を後にすることができた。

食事の支度は彼女がしてくれているので、駅で彼女が喜びそうなデザートを購入し、マンションへ急ぐ。

部屋に到着して、すぐに土産《みやげ》のデザートを手渡すと佐羽の顔が綻《ほころ》んだ。

「あっ、これ最近話題のチーズケーキですねっ!?　食べてみたいと思ってたんです！」

わーい、とチーズケーキを早速冷蔵庫に入れる佐羽。そんな彼女を見ているだけで、

かぷっと耳朶《じだ》を食《は》まれて、腰がビクッと大きく震えた。

「～～ちょっと、暮林さんってば!!　やめてくださいよ！」

「また言った」

「あ、しまった！」

クスクス笑いながら、暮林さんは私の腰を引き寄せて、私の鼻の頭をかぷっとかじる。

さっきからなんなの、このふざけたやりとりは!?

「も、もお～～!!　優弥のばかあ！　これじゃあ全然料理できないよ！」

――はっ、しまった。私ったら暮林さんにバカだなんて暴言を!!　おまけに、呼び捨て……！

恐る恐る暮林さんを見ると、彼は可笑《おか》しそうにお腹《なか》を押さえて笑っていた。

「あっはっは！　やっと敬語やめたね」

「……くっ……なんか悔しい……」

暮林さんとこうやってじゃれあうのは、いつものこと。会社ではクールな彼が、家ではこんな風によく笑ったりするのが嬉しくて楽しくて、やめられないのだ。

――第三者に見られたら、立派なバカップルだって思われるんだろうな……

心の中で苦笑しながら、私は近くで笑う暮林さんを見つめ、愛おしさでいっぱいになった。

それから約二週間後。都合を合わせて連休を取った私と暮林さんは、彼の運転する車で私の実家へ向かっていた。

私の実家は新幹線で二時間くらい。車なら高速道路を利用して約三時間ほどの場所にある。実家のある場所は割と賑《にぎ》やかで開《ひら》けているが、そこから少し車を走らせるだけで緑溢《あふ》れる山々が連《つら》なっており、かなりのどかな印象になるのだ。

ハンドルを握る暮林さんは、そんな田舎《いなか》にある私の実家を「いい場所にあるね」と言ってくれる。

「そうですかね～、田舎《いなか》ですよ？」

「俺はこういうのどかな場所が好きだな。それに、都会に比べたら、夏が涼しくて過ごしやすいでしょ」

「まあ、それはありますかね……でも冬は極寒ですよ。雪も結構積もりますし」

「極寒か。それは辛いな。俺、寒さに弱いから」

珍しく彼の口から弱点が語られて、おおっと思ってしまった。

「暮林さんにも苦手なことってあるんですね」

思わず素直な気持ちを口にすると、運転席からチラッと一瞬、視線が送られてきた。

「当たり前でしょ……君は俺をなんだと思っているのかな？」

「あくまでイメージですから。お気になさらず」

まあいいけどね、と言って暮林さんはクスッと笑った。

ちなみに普段は敬語OKということになっている。というか、そうしてもらった。暮林さんにタメ口とか、さすがにこっちが恐縮してしまうので。

これから先、彼ともっともっと深く付き合っていくうちに、自然と敬語がとれたらいいんじゃないかな、と私は思っている。

降りる予定のインターチェンジまであと三十キロほどになった辺りで、暮林さんが思い出したように口を開いた。

「そういえば、佐羽の実家って何人で住んでるの？」

「うちは、祖父母と両親の四人です。姉は二年前に結婚して、家から五分くらいの場所に住んでます。あ、あと犬が一匹います」

「へえ、犬。犬種は？」

意外にも暮林さんが飼い犬の話題に食いついてきた。

「雑種です。祖父が知り合いの家からもらってきたんですが、真っ黒で小さいクマみたいだったので、熊太郎《くまたろう》って名前にしたんですよ。そのままですけど」

ははは、と暮林さんが笑う。

「ふうん、会うのが楽しみだな、熊太郎」

「あ、でも、熊太郎は警戒心が強くて、家族以外には懐《なつ》かないんですよ。だから、もしかすると、すごく吠えられちゃうかもしれません」

「そうなんだ。番犬としては頼もしいんじゃない」

「それはそうなんですけどね」

話をしている間に、車は実家に近づいていく。最寄りのインターチェンジを降りて市街地を走行すること数分。車は実家がある住宅街に入った。それと共に、私の体に緊張が走る。

「実家に帰るのにこんなに緊張するのは初めてです……」

ハアー、と深呼吸を繰り返している私を横目に、彼は「なんで？」と涼しい顔だ。

「私、実家に彼氏を連れて行くの初めてなんです。だから親が暮林さんを見てどんなリアクションをするのか、ちょっと想像がつかなくて」

それを聞いた暮林さんが、視線を落として自分の格好を見る。

「……俺の格好、変じゃない？」

「まったく変じゃありません」

今日の暮林さんは、仕事モードの時とほぼ同じのスーツ姿。髪は会社にいる時より整髪料でスッキリさせていて、どこからどう見てもイケメンだ。死角なし。

そうこうしているうちに、私の実家が見えてきた。

「そこが私の実家です。門から中に入ってください」

「結構大きい家だね。庭も立派だ」

「うちの周りって割と大きい家が多いんですよね。うちも曾祖父の代からここに住んでるみたいです。でもお金持ちとかではないですよ」

我が家は十五年ほど前に全面改築した日本家屋。二世帯同居なので、家自体はまあまあ大きい。それなりに広さのある庭には、祖父の趣味である盆栽や植木、祖母や母の好みの草花が植えられている。春や夏になると、たくさんの花が咲くこの庭は、私も子供の頃から好きなのだ。

私の誘導に従って、暮林さんが我が家の敷地にある駐車スペースに車を停めた。

「駐車場所広いな。それに車の台数も多い」

「この辺は車がないと生活できませんからね。大人になると大体一人一台所有してます」

車の数を見ると、家族がみんな家にいるのが分かる。

「じゃあ、私、先に降りますね」

私が車を降りてバン、とドアを閉めると、その音に敏感に反応した熊太郎の鳴き声が家の中から聞こえてきた。

――あー、やっぱり鳴いてる。まあ仕方ないか。

家の引き戸を開け「ただいまー」と声をかけると、キッチンから小走りで母がやってきた。

「お帰り！　みんな待ってるわよ、それでえっと、お付き合いしている方って……」

そう言って、母が私の背後に視線を向ける。ちょうどそのタイミングで、私の後ろから、暮林さんが家に入ってきた。

「はじめまして、暮林優弥と申します。本日はお忙しいところ、お時間を作っていただきありがとうございます」

母に対して、暮林さんの営業スマイルが炸裂《さくれつ》する。それを至近距離で目撃した母は、目を見開いたまま固まった。

「さっ……佐羽の母です、いつも娘がお世話になっております……」

「いえ、こちらこそいつも佐羽さんにお世話になっておりまして。あと、よかったらこれ、ご家族の皆様で召し上がってください」

暮林さんが自分で用意した手土産《てみやげ》を母に手渡しながら、にっこりと微笑む。そんな彼に対し、母はいつになく緊張しているように見えた。

こんな母を見るのは初めてで驚いた。

「ありがとうございます、あの、どうぞ中へ……」

「はい。お邪魔いたします」

揃って家に上がり、暮林さんを客間へ案内する。その後、私がキッチンに顔を出すと、早速母に捕まった。

「ちょっと！　暮林さんってめちゃくちゃいい男じゃない!!　びっくりしたわよ!!」

「だから、私、電話で言ったじゃない。格好いいよって……」

家族と対面する前に、彼がどんな仕事をしていてどんな感じの男性かを、事前に母に伝えておいた。しかし、そんなことはすっかり忘れていたのか、興奮した様子の母がまくし立てる。

「聞いてたけど、あそこまでとは思わなかったのよ。なんていうのかしら、ただ顔が綺麗なだけじゃなくて、全身から匂い立つような男の色気がすごいわ。お母さん芸能人以外でこんなにドキドキしたの何年ぶりかしら。佐羽ったら、やるじゃない」

「う、うん……」

母よ、頼むから今言ったことを、父の前で言わないでくれ、と心の中で願った。

「あ、そういえば、熊太郎は？　今どこにいるの？」

私達が到着してしばらく、熊太郎の鳴き声が聞こえていたけど、今はそれがピタッと止まっている。いつもだったら誰よりも先に玄関に飛んでくるのに、今日は一度も姿を見せていないことが気になった。

「お婆ちゃんの部屋よ。暮林さんに向かって吠えたりしたらマズいと思って」

「暮林さん、犬大丈夫みたいだから、試《ため》しに会わせてみたいんだけど……」

考えを口にしながら、彼の待つ客間へトレイに載せた緑茶を運ぶ。

「暮林さん、お待たせしま……あ」

客間のふすまを開けた私の目に飛び込んできたのは、ひっくり返ってお腹《なか》を出した熊太郎と、そのお腹《なか》を愛しそうに撫でる暮林さんの姿だった。それを見た私はお茶を持ったまま唖然とする。

――熊太郎が懐《なつ》いている！

「なっ……え!? どういうこと？ なんで熊太郎が暮林さんに懐《なつ》いてるの!?」

「ん？ よく分からないけど、おいでって手を差し伸べたらごろんってお腹《なか》見せて転がったんだ。可愛いね」

暮林さんも何故熊太郎が自分に懐《なつ》いているのか、よく分かっていないようだ。すると近くにいた祖母も不思議そうに首を傾《かし》げる。

「私がご挨拶《あいさつ》に行こうと部屋のドアを開けたら、クマが先に部屋を出ちゃってね。で、後から来てみたらこんな感じになってたの。クマがこんなに懐《なつ》くなんて、びっくりしちゃったわ」

と言って、祖母は暮林さんにお腹《なか》を撫でられて気持ちよさそうな熊太郎を、驚いた様子で眺めている。

つられて私も熊太郎と暮林さんを呆然と見つめる。

「さっきまであんなに吠えてたのに。ていうか、初対面の人にこんなに懐《なつ》いてるの初めて見たんだけど……暮林さん、犬好きですか？」

「うん。子供の頃、祖父母の家で飼ってた犬を可愛がってた。懐《なつ》かしいな、あの頃を思い出すよ」

そう言って暮林さんは笑顔で熊太郎のお腹《なか》をわしわし撫でる。撫でられている熊太郎も、うっとりしながら彼にされるがままになっていて、だんだんこの状況が可笑《おか》しくなってきた。

警戒心の強い熊太郎までも虜《とりこ》にしてしまう暮林さん、さすがです。

そうこうしているうちに熊太郎は祖母と共に部屋を後にし、客間には両親と暮林さんと私の四人だけになった。

挨拶《あいさつ》を済ませた暮林さんは、簡単に自分のことについて説明をする。仕事のことや、実家の家業のことなどを話した後に、本題である私達のことを切り出した。

「佐羽さんとは、結婚を前提としたお付き合いをさせていただいてます。今日はそのことを許していただきたく、ご挨拶《あいさつ》に伺《うかが》いました」

こう言われた瞬間、分かってはいたけどやっぱり照れる。私は暮林さんの隣で俯《うつむ》いた。

暮林さんの言葉に対し、事前に話してあったこともあってか、父は柔らかい表情でうんうんと頷く。

「ご丁寧にありがとうございます。娘からは暮林さんは尊敬する元上司であり素敵な男性だと伺《うかが》っております。娘が選んだ男性なら、私どもに異存はありません。こちらこそ娘をよろしくお願いいたします」

「ありがとうございます」

両親も私達も深々と頭を下げる。はっきり言って、今日これが一番気がかりだったこともあり、顔を上げた両親は明らかに安堵《あんど》していた。この中でただ一人、暮林さんだけはさっきからまったく表情に変化ないけど。

「じゃ、堅苦しい挨拶《あいさつ》はこれくらいにして、よかったらお食事にしませんか？　いろいろ用意してあるんですよ。佐羽、手伝って！」

そそくさと母が立ち上がり、私に指示する。

この場所に父と暮林さんを二人きりにしてしまっていいのだろうか、と不安になって彼を見る。

「大丈夫だよ」

私の不安を見抜いた暮林さんが、私を安心させるように微笑んだ。

「す、すみません、すぐ戻りますね」

足早にキッチンへ行き、母が用意してくれた料理を客間に運ぶ。見ると出前のお寿司

や お刺身、地元のお菓子まである。それに、地酒も数本用意されていた。

「お母さん！　私達車で来てるから、お酒はさすがに……」

「あら、そうなの？　でも明日休みだって言ってなかった？　今日泊まっていけばいいじゃない」

困惑する私に、母があっけらかんと言う。

「いやいや、無理でしょ」

私達は今日、日帰りの予定で来たから、泊まる支度なんて何もしていない。

「お泊まりグッズならその辺で買えるでしょ？　暮林さんに聞いてみれば？」

「簡単に言うなあ……」

困惑しながら、彼になんて言おう……と思いながら客間に戻る。すると、一旦引っ込んだはずの熊太郎が再び暮林さんにお腹《なか》を撫でられていた。

「あれっ!?　なんでまた熊太郎が!?」

「よく分かんないけど、来たよ」

すると、客間のテーブルに着いた祖母が苦笑する。

「クマがすごく暮林さんのところに行きたがってねー。仕方ないから連れてきたわ」

暮林さんも想定外だったのか、熊太郎のお腹《なか》を触りながら笑っている。しかもお腹《なか》を撫でられている熊太郎、めちゃくちゃ嬉しそうだ。

「暮林さん、熊太郎に惚れられちゃったんですかね……」

「かな。モテ期到来だね」

――モテ期……人間だけじゃなく、動物からもモテる暮林さん……

あ、それどころじゃない。お泊まりの件を聞いてみないと。

「そうだ、あの……母がよかったら今晩泊まっていかないかって言ってるんですけど、無理ですよね？」

無理、という返事が来る前提で尋ねる。しかし――

「ん？　泊まり？　問題ないけど」

暮林さんは特に表情を変えず、あっさり言った。

「えっ⁉　い、いいんですか⁉」

「うん。予定ないし……っていうか、明日も佐羽と一緒に過ごす予定だったから、その場所が変わるだけで。せっかくだし、お言葉に甘えさせてもらおう」

まさかこんな返事がくるとは思っていなかった私は、自分で聞いておきながら頭が混乱してくる。

「えええ……じゃあ、この後お泊まりグッズとか買いに行かなくちゃ……」

「え、泊まってってくれるの？　じゃあ暮林さん、今晩は地酒で酒盛りだね！」

客間の床の間に置かれた地酒の一升瓶を手に、父が嬉しそうに微笑む。

「そうと決まったら、お姉ちゃんも呼びましょうか、せっかくだし！」

食事を並べていた母が、エプロンのポケットに入っていたスマホを取り出し、姉に電話をかけに行った。

「あわわわ……なんか、えらいことに……」

急にこの場がわちゃわちゃしてきた。このタイミングで、今度は祖父が現れる。

「佐羽、お帰り」

「あっ、おじいちゃん、ただいま」

祖父は現在八十歳だが、毎日趣味の盆栽の手入れにいそしんだり、ご近所仲間とゴルフに行ったりと健康的な毎日を送っている。

祖父にも暮林さんを紹介し、挨拶《あいさつ》を済ませる。すると祖父が、「ちょっと待ってて」と言い残し、ふらりとこの場から消えた。

——おじいちゃん、何をする気……？

ハラハラしながら待っていると、祖父は竹細工《たけざいく》のざるの上に、こんもりと盛られた山菜を手に戻ってきた。

「暮林さん、山菜の天ぷら食べるかい」

山菜を見せられた彼の目が、大きく見開かれた。

「山菜の天ぷらですか！　はい、大好きです」

興味を示した暮林さんに、祖父はにっこりと微笑んだ。

「じゃ、わし天ぷら揚げてくる」

そう言い残して、祖父がキッチンに入っていく。

——おじいちゃんまで、いつもとテンションが違う……！

こうなるともう、お泊まりは、完全に決定。

父はおつまみを取りに、祖母は祖父を手伝うためキッチンに行ってしまったので、私と暮林さんだけが客間に残された。

「なんか、すみません……いろいろと……」

こんな展開になるとはまったく思っておらず、私は恐縮して頭を下げた。だけど暮林さんは、「何のこと？」と、熊太郎を撫で続けている。

「だって、予定外のことばっかりで。気を使わせちゃってるんじゃないかなって」

「そんなことないよ。こんな風に迎えてくださるのも、佐羽のご家族が俺を受け入れてくれたからでしょ？　君と家族になれるんだって実感できて、正直嬉しくて仕方ないよ」

そう言って、暮林さんが微笑んだ。

「そんな風に言ってもらえて、私も嬉しいです」

——よかった、暮林さんが喜んでくれていて。

私がホッと胸を撫で下ろすと、あ、そうだと彼が私の耳元に顔を近づけた。

「泊まる部屋って一緒なのかな？」

「えっ……そ、それはどうでしょう……」

私としては一緒でも全然問題ないけど、その辺は親の判断に任せるしかない。すると、暮林さんがぼそっと呟く。

「ま、別々でもいいけどね。その方が燃える」

その意味深な呟きに思わず彼を見ると、暮林さんは色気たっぷりの流し目を私に送ってきた。

――もう、相変わらず色気半端ないんだから……！

賑《にぎ》やかな宴会の後に、彼との甘い時間が待っている。

そう思ったら、宴会の最中も顔が緩《ゆる》んでしまって仕方ない私だった。

書き下ろし番外編

結婚してもブレない暮林優弥

親族と親しい友人を招いて教会で厳《おごそ》かに行《おこな》った結婚式と、同僚やお世話になった方を招いた披露宴。それをプロデュース……とまではいかないものの、優弥さんは花嫁の私以上にプランや段取りを考えてくれた。

特に披露宴は、優弥さんのお姉さんご夫妻が経営するレストランを貸し切りにして行《おこな》ったのだが、周囲にとても好評で本当に素敵な時間を過ごすことができた。そのことに関しては彼に感謝しかない。

私が優弥さんの部屋に引っ越して、ついに新婚生活が始まり、私は幸せな毎日を送っている——と周囲には思われているようなのだが、実態はこれまでの生活とあまり変わらない。それというのも夫である優弥さんが超多忙だからだ。

「結婚したばかりだっていうのに、優弥さん今抱えてる案件のおかげで毎日帰りが遅くって。週末もイベント続きで私と休みが合わないし。そのせいかまだ結婚したっていう実感が湧かないんだよね……」

私を含め社内のみんなが、石川頑張れという気持ちでいるに違いない、と密《ひそ》かに思った。

その日の夕方。私が仕事を終えて帰り支度をしている最中、背中をポンっと叩かれ振り返ると、そこに優弥さんがいた。

「お疲れ。今帰り？」

「あっ、はい。お疲れ様です！　あれ……優弥さん、今日は外で打ち合わせの後直帰のはずでは？」

さっきスケジュールボードで確認して、今日も優弥さんは帰りが遅くなりそうだと覚悟したところだったので、急な彼の出現に驚いた。

「打ち合わせが早く終わったんでね。俺も今日はもう終わりにするから、久しぶりに一緒に帰ろうか」

「はい」

周囲に挨拶《あいさつ》を済ませてから一緒に会社を出て、並んで歩く。こうしているとお付き合いを始めた頃を思い出して、なんだかこそばゆくなる。

「一緒に帰るの久しぶりだね。なんか付き合い始めた頃みたい」

優弥さんも私と同じことを思っていたのかと一瞬驚くも、気持ちがシンクロしているみたいでつい顔が笑ってしまう。

「私も同じこと考えてました。いきなり告白された時も驚いたけど、一緒に帰ったり、ご飯一緒にしたりとか、あの時は優弥さんと二人きりでいることにすごくドキドキしたなあって」

今となってはこうして並んで歩いていても平常心でいられる。でも、ちょっと前までは一緒にいると優弥さんの色気に当てられてしまい、どうしたらいいか分からないことばかりだった。

「今は？　もうドキドキしない？」

クスッと笑いながら、優弥さんがすぐに聞き返してくる。

「そんなわけないじゃないですか。でもあの時とはちょっと種類が違うというか……今は夫婦になって、もうちょっと落ち着いた感じのドキドキがあります」

「よく分かんないな、それ」

優弥さんが笑顔のまま、小さく首を傾《かし》げる。

「私もうまく説明できないんですけど。でも、あの時より全然、今の方が幸せです」

エントランスを出たあたりで、念のため周囲を確認してから優弥さんの腕に自分の腕を絡《から》めた。

「それには俺も同意しかないな」

彼の腕に巻き付けた私の手を、彼の手がポンポンとタッチする。

「さて、せっかくだし何か食べて帰ろうか。佐羽は何が食べたい？」

聞かれた瞬間、頭に以前食べた鶏白湯《パイタン》ラーメンが浮かんできた。

「じゃあ、ラーメンとかどうです？　鶏白湯《パイタン》食べたいです」

「いいね。決まり」

にっこり微笑んだ優弥さんと、その日はラーメンを食べて家に帰った。


それから数日後。私と優弥さんは休みを合わせて、新築マンションのモデルルームに来ていた。

「わー、リビング広くていい感じ。ね？　優弥さん」

「うん、確かに」

家具が入った状態でも、充分広さを感じられるリビング。そのリビングに隣接するキッチンも広く、かなり使い勝手が良さそうだった。他の部屋もバスルームも見たけど、設備はバッチリだし広さも申し分ない。こんなところを見たら、ここに住みたいという欲が沸々《ふつふつ》と湧いてくる。

「それにしても忙しいのにいつの間に調べてたの？　こんな物件……」

「今度関わるイベントの会場がこの近くにあってね。ちょうど通りかかった時に良さそ

イベント企画会社で働く二十八歳の佐羽《さわ》。恋よりちょっぴり仕事を優先する生活を送っていたら――同棲中の彼氏が出て行ってしまった！ 突然の出来事に佐羽は落ち込み、仕事もうまくいかなくなってしまう。しかしある日、憧れの元上司である暮林優弥《くればやしゆうや》から飲みに誘われる。彼は、佐羽が彼氏にフラれたことを知ると、普段の無口な態度を一変させ肉食モード全開で溺愛宣言してきて――？

B6判　定価：本体640円＋税　ISBN 978-4-434-26737-6

EB エタニティ文庫

貧乏女子、御曹司に溺愛される!?

ETERNITY Rouge

エタニティ文庫・赤

好きだと言って、ご主人様

加地アヤメ　　装丁イラスト／駒城ミチヲ

文庫本／定価：本体 640 円＋税

昼は工場勤務、夜は清掃バイトに勤しむ天涯孤独の沙彩《さあや》。ところがある日突然職を失い、借金まで背負ってしまった！　そんな彼女に、大企業の御曹司が仕事を持ちかけてきた。破格の条件に思わず飛びつく沙彩だったが、なんとその内容は、彼の婚約者を演じるというもので……!?

※エタニティブックスは大人の女性のための恋愛小説レーベルです。ロゴマークの色で性描写の有無を判断することができます（赤・一定以上の性描写あり、ロゼ・性描写あり、白・性描写なし）。

詳しくは公式サイトにてご確認ください。
http://www.eternity-books.com/

携帯サイトはこちらから！

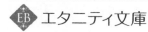

年齢＝彼氏ナシを更新中の未散《みちる》、26歳。ある日彼女は、酔ったはずみで、社内一のモテ男・笹森《ささもり》に、いまだに男性経験がないことを嘆いてしまう。すると彼が「それなら俺で試してみる？」と誘ってきた！　おまけに、そのまま彼と付き合うことになったけれど、この関係は、会社では絶対秘密だと口止めされて!?

B6判　定価：640円＋税　ISBN 978-4-434-23760-7

エタニティ文庫

イケメンの溺愛に、とろける!?

エタニティ文庫・赤

誘惑トップ・シークレット

加地アヤメ　装丁イラスト／黒田うらら

文庫本／定価：本体640円＋税

年齢＝彼氏ナシを更新中の地味ＯＬ・未散《みちる》。ある日彼女は、社内一のモテ男子・笹森に、酔った勢いで男性経験のないことを暴露してしまう。すると彼は、自分で試せばいいと部屋に誘ってきて……!?　恋愛初心者と極上男子とのキュートなシークレット・ラブ！

※エタニティブックスは大人の女性のための恋愛小説レーベルです。ロゴマークの色で性描写の有無を判断することができます(赤・一定以上の性描写あり、ロゼ・性描写あり、白・性描写なし)。

詳しくは公式サイトにてご確認ください。
http://www.eternity-books.com/

携帯サイトはこちらから！

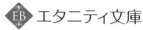

本書は、2018年7月当社より単行本として刊行されたものに、書き下ろしを加えて文庫化したものです。


この作品に対する皆様のご意見・ご感想をお待ちしております。

おハガキ・お手紙は以下の宛先にお送りください。

【宛先】

〒150-6005 東京都渋谷区恵比寿4-20-3 恵比寿ｶﾞｰﾃﾞﾝﾌﾟﾚｲｽﾀﾜｰ 5F
（株）アルファポリス　書籍感想係

メールフォームでのご意見・ご感想は右のＱＲコードから、
あるいは以下のワードで検索をかけてください。

アルファポリス　書籍の感想　検索

ご感想はこちらから

エタニティ文庫

無口《むくち》な上司《じょうし》が本気《ほんき》になったら

加地《かじ》アヤメ

2020年1月15日初版発行

文庫編集－熊澤菜々子・塙綾子
発行者－梶本雄介
発行所－株式会社アルファポリス
〒150-6005 東京都渋谷区恵比寿4-20-3 恵比寿ｶﾞｰﾃﾞﾝﾌﾟﾚｲｽﾀﾜｰ5F
TEL 03-6277-1601（営業）　03-6277-1602（編集）
URL https://www.alphapolis.co.jp/
発売元－株式会社星雲社
〒112-0005 東京都文京区水道1-3-30
TEL 03-3868-3275
装丁イラスト－夜咲こん
装丁デザイン－ansyyqdesign
印刷－中央精版印刷株式会社

価格はカバーに表示されてあります。
落丁乱丁の場合はアルファポリスまでご連絡ください。
送料は小社負担でお取り替えします。
©Ayame Kaji 2020.Printed in Japan
ISBN978-4-434-26875-5 C0193